以身许国

——那些从杜布纳回国的科学家的故事

王寿君　主编

中国原子能出版社

图书在版编目（CIP）数据

以身许国 / 王寿君主编 . —北京：中国原子能出版社，
2017.5（2022.12重印）

ISBN 978-7-5022-8078-9

Ⅰ.①以…　Ⅱ.①王…　Ⅲ.①纪实文学—作品集—
中国—当代 Ⅳ.①I25

中国版本图书馆 CIP 数据核字（2017）第 091839 号

以身许国——那些从杜布纳回国的科学家的故事

出版发行	中国原子能出版社（北京市海淀区阜成路 43 号　100048）
责任编辑	刘　岩
责任校对	冯莲凤
装帧设计	赵　杰
责任印制	赵　明
印　　刷	天津画中画印刷有限公司
经　　销	全国新华书店
开　　本	787 mm×1092 mm　1/16
印　　张	18
字　　数	202 千字
版　　次	2017 年 5 月第 1 版　2022 年 12 月第 3 次印刷
书　　号	ISBN 978-7-5022-8078-9　　　定　价　58.00 元

网址：http://www.aep.com.cn　　　E-mail：atomep123@126.com
发行电话：010-68452845　　　　　版权所有　侵权必究

《以身许国》

——那些从杜布纳回国的科学家的故事

编委会

主　编

王焘君

副主编

和自兴

委　员

张昌明　　朱向军　　潘启龙　　周刘来

李　涛　　李和香　　李　桃　　孙敏莉

韩长林　　李　丽

办公室

刘　岩　　葛校芬　　虞莉婷　　孔美荣

叶　娟　　杨　东

前　言

　　1956 年 3 月，社会主义阵营的各国代表在俄罗斯莫斯科签署协议，组建了杜布纳联合原子核研究所。该所成立后，中国先后派往该所学习、工作的科技工作者共计 100 余人。这些核科研工作者们怀揣着兴核强国的梦想与责任感，在联合所潜心钻研，不辱使命，取得了令世界瞩目的研究成果。他们回国后，将当时国际上最先进的科学技术与科学精神带回祖国，投入到我国"两弹一星"的科研攻关与核工业产业体系的建设中，成为各学科领域与各单位的学术带头人，为国家安全以及我国的核科学与核工业的创新发展作出了重大贡献。

　　"两弹一星"功勋奖章获得者王淦昌院士于 1956—1960 年间在杜布纳联合原子核研究所担任副所长和中国组组长，组织中国科研工作者的工作与生活。1959 年底，王淦昌等科技研究人员确证并发现了第一个荷电的反超子（反西格马负超子），引起世界范围内的巨大轰动，受到国际物理学界的广泛赞誉。

　　2017 年 5 月 28 日正值王淦昌院士诞辰 110 周年。回忆当年那段难忘的岁月和经历，特别是总结老一辈核科技工作开拓者们的感人事迹和创新精神，对弘扬"两弹一星"精神、核工业精神，践行和落实强军首责，具有重要的历史意义和深远的现实意义。

老一辈核科技工作开拓者们将带回来的"杜布纳科研精神"融合到"以身许国"的豪情壮志中去，铸就了我国"两弹一星"精神和"事业高于一切，责任重于一切，严细融入一切，进取成就一切"的核工业精神，就是基于这种精神，才成就了兴核强国辉煌业绩。这种精神今后必将继续激励和鼓舞一代又一代的核工业人，为兴核强国作出更大的贡献。

本书共分三章。第一章"杜布纳与核工业"，介绍了杜布纳联合原子核研究所的基本情况和当年到该所工作的中国核科技工作者中一些代表人物的生平事迹。第二章"王淦昌与杜布纳"，以传记形式，用四节 17 个故事，讲述了王淦昌院士一生不同阶段在不同领域取得的成就和贡献。第三章"那些从杜布纳回国的科学家的故事"，通过对部分科学家的采访，真实再现那段岁月，讲述中国老一辈核工业人自己的故事。

本书由中国核工业集团公司党群工作部牵头组织，中国原子能出版社、中国原子能科学研究院、中国核工业集团公司新闻宣传中心联合编写。

谨以此书，献给"以身许国"的老一辈核科技工作者，纪念王淦昌院士诞辰 110 周年，勉励全体核工业人，"不忘初心，再创辉煌，共铸强国梦！"

目录

第一章 杜布纳与核工业

第一节 引 言

时光的流逝抹不去历史的记忆，"我愿以身许国"的誓言犹在耳边回响。先辈们"强军、报国"的雄心壮志，如同"四个一切"核工业精神一样，已融入后来千千万万的中国核工业人的血脉。

1955年，为了打破美国的核讹诈，毛主席亲自主持召开中央书记处扩大会议，作出了建立和发展我国原子能事业的战略决策。一大批在国外学有所成、蜚声海内外的著名科学家积极响应号召，投入核工业艰苦创业的大潮。这其中，就有王淦昌、钱三强、彭桓武等为代表的一批著名科学家或专家。这些科学家，都经历过国家贫弱、任人蹂躏的旧时代，他们学贯中西，在国外享受着良好的生活待遇，但普遍怀有自立自强、科学报国的雄心壮志。

中国核工业创业之初，正是以苏联为首的社会主义阵营与以美英为首的西方资本主义阵营斗争最为激烈的时期。为了与美国进行抗衡，苏联组织11个社会主义国家签订了《关于成立联合原子核研究所的协定》。这一协定，为中国科学家在具有国际水平的科研平台上开展科学研究提供了难得机遇。以王淦昌为代表的中国核科技工作者到达杜布纳后，积极参与联合原子核研究所的组建，全力开展科研工作。然而，由于苏联以及来自其他国家的一些科技人员对中国存有偏见，他们普遍看不上这些穿着朴素、谦和友善的中国人。王淦昌们憋着一股子劲，一定要让其他国家的科学家看到中国人也是好样的。

在杜布纳的中国科技人员废寝忘食，努力钻研，获得了以反西格马负超子为代表的一系列具有深远影响的世界级科研成果。中国人获得了公正的待遇，影响力和话语权也逐步提高。他们对能够在这样高水平的科研平台开展工作感到高兴和振奋，梦想着中国有朝一日也会有这样的世界级科技设施。他们虽然眷恋祖国，却希望在这里为祖国取得更大贡献。由此，他们也对苏联怀有感恩之心，认为苏联是中国人民永生永世的好朋友，甚至希望苏联对中国的科技工业给予更多帮助，帮助中国尽快建设完整的核工业体系，帮助新中国实现强军壮国的梦想。

正当中国的科技人员在科技王国追求自己的科研梦想的时候，中苏关系破裂，他们积极响应祖国的号召，放弃取得重要进展的科研工作，毅然回国。

回国后，他们中的大部分人隐姓埋名，参与"两弹"研制，搞出了争气弹。自此之后的历史证明，核工业人逐步完成由模仿到原创，由跟跑到并跑并有望领跑的跨越。当年决然离开杜布纳的中国科学家们不负党和人民的重托，通过自己的智慧和努力与千千万万的核工业人艰苦奋斗、拼搏，逐步实现了强军威、壮国威的中核梦。

在第一次创业中，核工业战线上的无数先驱孕育出的"两弹一艇"辉煌成就，影响着并鼓舞着后继者在新的历史时期，加快实现中核梦，助推中华民族伟大复兴的中国梦！

第二节　杜布纳联合原子核研究所

在俄罗斯莫斯科州最北端，平静的伏尔加河和白桦红松簇生的森林，环抱着一座著名的国际科学城。这就是世界著名的核物理和高能物理学研究中心——杜布纳联合原子核研究所（简称杜布纳联合所）。1956 年 3 月，处于战后快速发展时期的社会主义阵营各国政府代表，在莫斯科签署协议，组建杜布纳联合所。杜布纳联合所是世界范围内最优秀的核物理研究所，在核物理、粒子物理、超重元素合成等方面取得了举世瞩目成就，为世界科技的发展做出了卓越贡献。

11 国代表会议（1956 年 3 月 26 日，莫斯科）

一、成立背景

1954 年苏联第一座核电站发电。1955 年，第一届和平利用原子能会议在日内瓦召开。此后，世界上有相当数量的核物理研究所相继成立，杜布纳联合所就是其中的一个。

1956 年 3 月，社会主义阵营的各国代表在莫斯科签署协议，筹划组建联合原子核研究所。1956 年秋天，杜布纳联合所正式成立。12 个创始国包括：苏联、中国、阿尔巴尼亚、保加利亚、捷克斯洛伐克、德意志民主共和国、匈牙利、朝鲜、蒙古、波兰、罗马尼亚和越南（1956 年 9 月加入）。

杜布纳联合所创立签字仪式（1956 年 3 月 26 日，莫斯科）

数十位杰出的物理学家为杜布纳联合所的创立做出了突出贡献，他们是：N. Amaglobeli, A. Baldin, I. Chuvilo, M. Danysz, V. Dzhelepov, D. Ebert, G. Flerov, I. Frank, M.

Gmitro, N. Govorun, H. Hristov, A. Hrynkiewicz, E. Janik, V. Kadyshevsky, D. Kiss, J. Koženik, N. Kroo, K. Lanius, Le Van, Thiem, A. Loguncv, M. Markov, V. Matveev, M. Meshcheryakov, G. Nadjakov, Nguyen Van Hieu, Yu. Oganessian, L. Pal, V. Petržilka, H. Pose, B. Pontecorvo, A. Săndulescu, V. Sarantsev, F. Shapiro, D. Shirkov, A. Sissakian, N. Sodnom, R. Sosnowski, A. Tavkhelidze, S. Titeica, I. Todorov, I. Ulehla, I. Ursu, V. Veksler, V. Votruba, 王淦昌, 周光召, I. Zlatev, I. Zvara 等。

建所的主要目的是研究如何和平利用原子能。建所的计划是：①为杜布纳联合所所属成员国的科学家在理论和实验核物理方面的研究提供保证；②通过在成员国之间彼此交流研究的成果、经验，来促进核物理学的发展；③与国内外核物理研究机构保持联系，以便寻找核能利用新的可能性；④为天才科学家的成长创造条件；⑤促进核能的和平利用，造福人类。成立之初，杜布纳联合所下设核问题实验室和高能实验室。

1949 年，苏联开始建造 10GeV 质子同步加速器，1958 年建成使用，这台加速器为杜布纳联合所的早期科研工作提供了重要保障。

当年动工兴建时的情形

二、现状

经过 60 余年的发展，目前，杜布纳联合所共有来自 18 个成员国（亚美尼亚、阿塞拜疆、白俄罗斯、保加利亚、古巴、捷克、格鲁吉亚、哈萨克斯坦、朝鲜、摩尔多瓦、蒙古、波兰、罗马尼亚、俄罗斯、斯洛伐克、乌克兰、乌兹别克斯坦、越南）的 4500 名工作人员，其中包括 1200 名科学家。杜布纳联合所下设 7 个实验室，分别有各自的研究方向，包括理论物理、高能物理、重离子物理、凝聚体物理学、核反应、中子物理、信息技术。杜布纳联合所与世界范围内 62 个国家的 800 多家科研机构和大学开展合作，每年发表的研究成果超过 1500 篇。

杜布纳联合所的最高管理机构是由各成员国代表组成的全权

苏联科学家正在装配仪器

加速器控制室

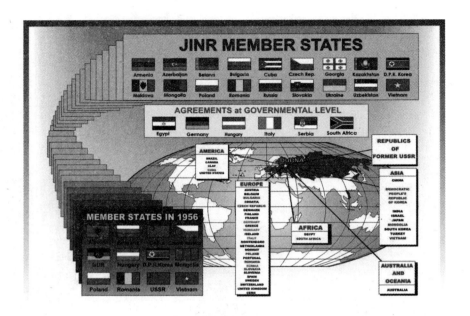

杜布纳联合所成员国

代表委员会（Committee of Plenipotentiary Representatives，CPR）。科学委员会和财政委员会协助全权代表委员会执行管理职责。

每届科学委员会任期两年，需要向全权代表委员会提交任期内的管理规程，并将决定和建议提交全权代表委员会主席审议。科学委员会的主要职责包括：审批科研计划、为科研活动提出改进意见、评估科研活动成果。

目前，杜布纳联合所的主要科研设备有 U-200、U-400 和 U-400M 重离子回旋加速器、IBR-2 脉冲中子反应堆、Nuclotron 超导加速器、Phasotron 质子加速器等。

1992 年，尽管苏联解体，俄罗斯还是按照计划在杜布纳建成

杜布纳联合所外景

杜布纳联合所科学委员会成员

U-400M 加速器

了新的超导加速器 nuclotron。这是苏联最大的超导磁体同步加速器。借助杜布纳联合所的这些超级机器，杜布纳的科学家们让粒子飞起来，成为合成新元素的最有力武器，并在新元素合成上一直处于世界领先水平！

三、主要成就

举世瞩目的杜布纳联合所是世界范围内最优秀的核物理研究所，在探索物质世界奥秘的征途中，屡屡取得骄人成就。

1869 年 2 月 17 日，门捷列夫首次公布的元素周期表上只有 63 种元素。此后，人们不断发现新的元素。但是，元素周期表也留给人类一个巨大的悬念：它有没有尽头。如果有，那么，尽头

IBR-2 脉冲中子反应堆

在哪里，最重的元素的原子序号是多少。各国的一些学者努力从自然界的各种矿物中去寻找，但是这些努力都以失败告终。

自从合成新元素的方式由"中子照射"（92 号到 100 号元素）转为"离子轰击"（100 号元素以后）以来的 50 多年间，几乎所有合成的新元素都是杜布纳联合所或其与其他实验室合作完成的。特别是从建立到 1976 年间，杜布纳联合所更是取得了空前的成绩，从 102 号元素到 107 号元素全部是由杜布纳联合所初次合成，远远地将美国、德国、法国等国的著名实验室抛在其后。为表彰

Nuclotron 加速器环形轨道

其卓越贡献，1997 年"国际纯粹与应用化学联合年会"上，就以杜布纳联合所的名字将第 105 号元素命名"Dubnium"。今天的杜布纳联合所，已经具备了对大多元素离子进行加速的能力，与美国、德国的著名实验室合作，成功合成了第 113 号到第 118 号化学元素，并因此验证了著名的"稳定岛"假说。

尤其值得一提的是，中国实验原子核物理、宇宙射线及基本粒子物理研究的主要奠基人和开拓者，在国际上享有很高声誉的王淦昌教授，曾在这里取得了杰出成就。1956 年秋天，他作为中国代表，到苏联杜布纳联合所担任高级研究员，后来又担任副所长，并且亲自领导一个实验小组，开展高能实验物理的研究。自从 1930 年英国科学家狄拉克首先从理论预言存在电子的反粒子

杜布纳 Nuclotron 加速器模型

——正电子，1932 年美国物理学家安德逊利用云雾室从宇宙线中发现正电子以后，实验物理学家一直在寻找各种粒子的反粒子。如果所有的粒子都有反粒子，这将证明微观世界中一个重要的规律，就是对称性，粒子与反粒子——正与反——的对称。各种介子的反粒子已经确证了。1955 年美国建成 60 亿电子伏质子加速器，用这台加速器很快就发现了反质子，接着又发现了反中子。到 1957 年，摆在实验物理学家面前的一个挑战性课题就是寻找反超子。这时候，欧洲原子核研究中心一台能量更高的加速器还在建设中，而杜布纳联合所 10GeV 质子同步加速器就要建成了，而且在能量上还处于优势。王淦昌根据这个情况，果断地把寻找新奇粒子（包括各种超子的反粒子），作为小组的主要研究课题。

俄罗斯"新元素之父"尤里·奥加涅相

尽管杜布纳联合所的加速器建成了，但是配套的设备如探测器、测量仪、计算机等都没有。一切都要从头做起。经过研究，王淦昌设计了一个精巧的实验。首先，他考虑到反超子的寿命很短，要想比较可靠地捕捉到这类粒子，用能够显示粒子径迹的气泡室作为主要探测器比较理想。为了争取时间，他们又选择了技术难度比较小，建造周期比较短的丙烷气泡室。他们自己动手，建造了气泡室，用 π 介子作为炮弹，在加速器上进行实验。王淦昌把握着研究进程中的每一个环节，及时地嘱咐组员们在观察气泡室拍摄到的照片时应该着重注意的地方。1959 年 3 月 9 日，终于从 4 万对底片中，找到了一个产生反西格马负超子的事例，发

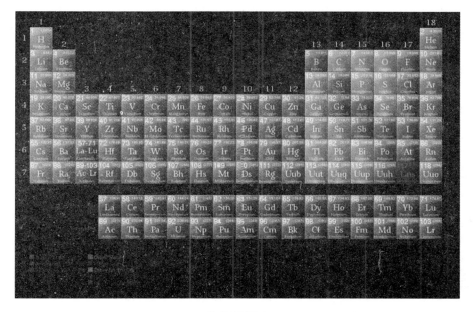

元素周期表

现了超子的反粒子——反西格马负超子。

反西格马负超子的发现，在当时引起了巨大轰动。苏联《自然》杂志指出："实验上发现反西格马负超子是在微观世界的图像上消灭了一个空白点。"世界各国的报纸纷纷刊登了关于这个发现的详细报道，对于反西格马负超子发现的意义，当时，科学家认为"其科学上的意义仅次于正电子和反质子的发现"。后来，欧洲中心的300亿电子伏加速器上发现了另一种反超子——反克赛负超子。于是，在高能物理的历史上，反西格马负超子和反克赛负超子被并列为公认的最早发现的两个负超子。这两项发现对证实反粒子的普遍存在提供了有力的证据。

王淦昌小组的工作，受到各国物理学家的赞扬。1961年，杜布纳联合所创立 JINR 奖，首奖就颁发给了王淦昌小组。1982 年，王淦昌和丁大钊、王祝翔荣获中国政府颁发的自然科学一等奖。这是新中国成立 30 多年来物理学家所获得的最高荣誉。时至今日，杜布纳联合所还在其建所成就中将反西格马负超子的发现列为第二位！

四、与中国科学界的联系

作为创始成员国，中国参与了杜布纳联合所的组建。在杜布纳联合所建所后的九年内，中国共派去 130 多人。中国著名核物理学家王淦昌教授曾任该所第二任副所长。老一辈科学家张文裕教授、朱洪元教授、胡宁教授等，以及原中国科学院院长周光召，院士何祚庥、丁大钊、方守贤等一大批中国科技工作者都曾在杜布纳联合所工作过。然而自 20 世纪 60 年代起，中苏关系不断恶化，中国于 1965 年 7 月正式退出杜布纳联合所（参见附录）。

进入 20 世纪 80 年代，中国学者与杜布纳联合所重新展开合作。

2014 年，杜布纳联合所中子物理实验室主任 V. N. Shvetsov、副主任 E. V. Lychagin 和首席科学家 S. C. Zeinalov 一行访问西安交通大学。

2015 年，中俄双方就中国参与由杜布纳联合所主导的重离子超导同步加速器（NICA）项目达成协议。

2016 年，杜布纳联合所 V. I. Korobov 教授到合肥微尺度物质科学国家实验室进行学术交流与访问。

杜布纳

　　2016 年，杜布纳联合所在小城杜布纳举行成立 60 周年庆典活动。中国驻俄罗斯大使李辉应邀出席并致辞。

　　中国科学院近代物理研究所从 20 世纪 80 年代中期开始，与杜布纳联合所开展合作并签订了长期科技合作备忘录。双方通过合作途径，先后在核科学前沿研究、大科学装置研制、先进技术开发和人才培养等方面取得了一批重要成果。2016 年，中国科学院近代物理研究所代表团访问了俄罗斯杜布纳联合所。

附录　中国退出杜布纳联合所

曹　经

中苏关系恶化

1960 年，赫鲁晓夫撕毁协定，撤走在我国的专家，逼我国还债，中苏两党互致公开信，展开论战。此后的几年里苏方继续单方面撕毁两国间原有的各种合作协议，中苏关系继续恶化。在杜布纳联合所，一些不明真相的苏联人也常同我们争论，还有少数人怀着敌意来同我们纠缠，和我国"文化大革命"期间两派一碰面就辩论的情景很相似。苏方还对中国工作人员实行种种限制，包括对我国全权代表要求参观实验室也横加阻挠。1963 年 7 月，苏联外交部竟然宣布我国杜布纳联合所党支部书记姚毅同志为不受欢迎的人，将其驱逐出境。至比，中国人在杜布纳联合所正常工作已很困难。

邓小平说："吹！"

1965 年初，我国同苏联在经济、科技等领域的合作大多名存实亡，我国许多驻苏机构都纷纷撤回。针对杜布纳联合所的问题，二机部向党中央作了请示汇报，等待中央决策。

1965 年 2 月，我从苏联回国。到京后，二机部外事局让我参加一项特殊任务——处理同杜布纳联合所的关系事务。

1965年3月，一个星期天的早晨，401所副所长力一接到二机部办公厅电话，说一位中央首长要在家里召见他和二机部领导，要求火速前去。到达后才知道是邓小平召见。当时周恩来总理正出访非洲，邓小平任代总理。邓小平对力一等人说，政治局常委研究过你们的汇报了，我们在政治上绝不能与苏修同流合污，在经济上也不能再受他们的"剥削"了。杜布纳联合所的问题怎么办？就是一个字："吹！"

打姚毅这张牌

力一从邓小平家出来就直奔二机部外事局局长魏兆麟家。我们早已等候在那里。听了邓小平的指示后，我们都在想，怎样才能"吹"？说实话，要落实这一个字的指示，还真有些棘手。当时在杜布纳尚有47位中国人，当然不可能说走就走。这是一场政治斗争，在策略上还必须做到有理有利有节。这时，力一告诉我们，在邓小平家里，国务院外事办公室第一副主任廖承志出了个点子："打姚毅这张牌。"他建议让曾被苏联宣布为不受欢迎的姚毅，去出席在4月初杜布纳联合所即将召开的一次非常全权代表会议。如果苏方让姚入境，则表明他们承认过去驱逐姚是错了。如果苏方拒绝姚入境，我们就以苏方拒绝我方合作为由，宣布退出杜布纳联合所。

时间紧迫。一封急电把正在河南参加"四清"的姚毅调遣回京。4月初，姚毅登机出发了。当天新华社就向全世界发了电讯：我国派姚毅出席杜布纳联合所非常全权代表会。

我们在北京静静等候苏方的反应。两小时过去了，十小时过去了，从边境，从莫斯科都未传回姚毅被拒绝入境的消息。在非常全权代表会上，姚毅义正词严地指出了苏方独霸杜布纳联合所的种种行径，强烈要求改变这种现状。会后，姚毅平安返回北京。于是，国务院外事办公室副主任李一氓召集我们到中南海小礼堂，再谋下一步良策。

起草发言稿

中南海会上决定，将在 6 月初杜布纳联合所举行的成员国全权代表会上表明中方退出的态度。为此，首先要准备好我国全权代表的发言稿。发言要揭露苏方独霸联合所的行为，并针锋相对地提出合理建议。如果苏方继续以老子党自居，不接受我方的建议，说明苏方并无合作诚意，我国当然必须退出杜布纳联合所。二机部外事局把起草发言稿的任务交给了我和九院的曹国祯。

为了写好这篇发言稿，我们搜集了大量有关资料，研究了我国当时的对苏政策，又多次到国家科委、外交部、中南海请示汇报。文稿写成后经过反复修改，再由二机部外事局和国家科委外事局联合初审后，送外交部苏联东欧司司长余湛最后审定。当时曾有一段小插曲，原稿中有一段这样的内容：苏方把持杜布纳联合所 9 年中，开支账目不清，应组织专人去杜布纳联合所查账，并要求苏方退赔。这是因为我们当时受国内政治运动的影响，套用了"四清运动"的政策。余司长看稿后风趣地说："四清只在国内搞，不必搬到苏联去啰，也用不着叫苏方退赔，只要提出查账就够扫他们的面子啦！"说得大家哈哈大笑，发言稿就算最后定稿了。

1965 年 5 月下旬，国务院任命力一为我国全权代表，率团前往杜布纳参加全权代表会。

宣布退出杜布纳联合所

在 1965 年 6 月初召开的杜布纳联合所全权代表会上，力一的发言列举了苏方独霸杜布纳联合所的八大问题，提出了六条改革措施。发言指出，在杜布纳联合所成立后的 9 年中，所长、行政所长、各研究室主任等重要领导岗位均被苏联人把持。发言认为，领导岗位应由各成员国轮流担任，每届任期亦为 9 年，下一届由中国来担任，届满后，再按各国国名第一字母顺序，分别由其他成员国轮流担任。同时，发言还提出要查账等等。但苏方对我代表的发言置若罔闻，在 1965 年 6 月 6 日大会的闭幕式上仍然企图强行通过他们起草的不平等的"决议"。就在会议执行主席刚要宣布对"决议"进行表决那一瞬间，力一不失时机地站起来郑重宣布：中国退出杜布纳联合所！从 1965 年 7 月 1 日起，中方不再承担对杜布纳联合所的任何义务。当我翻译完最后一句话后，力一对各成员国代表说了一声"再见"，就带领着 12 位中国人退出了会场。我国代表的果断退出使各国代表十分震惊，当我把我国的退出声明文件分别放在 12 个成员国的小国旗下，最后走到会场出口时，回头一望：会场上一片寂静，还没有回过神来的各国代表都在发愣。

1965 年 6 月 17 日，我国在杜布纳联合所的全体工作人员乘国际列车离开莫斯科，并于 6 月 23 日回到北京。在火车站受到二机部副部长钱三强等领导的热烈欢迎。后来，国防科委主任兼国家科委主任聂荣臻元帅又在北京科学大会堂接见了全体回国人员。

从此，我国和杜布纳联合所的关系完全中断。

第三节　从杜布纳走出的中国核科学家

从 1956 年中国参与组建杜布纳联合原子核研究所，到 1965 年退出这 9 年时间里，先后有 103 余位中国科技工作者被派到联合所工作和学习，这其中包括王淦昌这样名满世界的科学家，还有更多隐姓埋名、不断钻研的科研人员。这些科技工作者把当时世界最先进的科学技术和科学精神带回到国内，立志以身许国，为我国核工业的发展作出了巨大贡献。以下作简要介绍。

王淦昌

王淦昌（1907 年 5 月—1998 年 12 月），江苏常熟人。物理学家，核物理学家，中国科学院资深院士，"两弹一星"功勋奖章获得者。我国核科学的奠基人和开拓者之一，为我国"两弹"研制和核试验作出突出贡献。

王淦昌于 1925 年考入清华大学，1930 年赴德国做研究生。1934 年学成回国，长期从事物理学研究工作。1934 年 4 月—1936 年，任山东大学教授。1936—1952 年，在浙江大学、西南联合大学任教，先后任物理系教授、系主任。1950 年 4 月，在新成立的中国科学院近代物理研究所任研究员，1951 年被任命为副所长。1955 年应聘为中国科学院学部委员（院士）。1956 年秋，到杜布纳联合所担任高级研究员，是该所首任学术委员会中国三名委员之一（另两人为赵忠尧、胡宁）并被推举担任该所 1959—1960 年期间副所长。1960 年 3 月，调入北京核武器研究所工作，任副所长。1964年2月，任核武器研究院副院长。1979年12月10日，加入中国共产党。"文化大革命"后，王淦昌历任二机部九院副院长、二机部副部长兼原子能研究所（现中国原子能科学研究院）所长，中国科学技术协会副主席，中国核学会首任理事长，中国核物理学会理事长。曾任《原子核物理》主编、《核科学与工程》主编、《核仪器与核方法》编委等。他是九三学社中央名誉主席，第三至第六届全国人大常委会委员。

王淦昌是中国实验原子核物理、宇宙射线及基本粒子物理研究的开拓者和奠基人之一。

1930—1934年，在德国留学期间，他曾提出用云雾室做探测器研究γ辐射的本性。1935年度诺贝尔奖获得者查德威克的实验验证了王淦昌想法的正确性。

1940年，王淦昌提出了验证中微子存在的方案。翌年，他提出并实现用轻（氢）原子核K电子俘获方法验证中微子存在。

1942—1947年，他在国内外学术刊物上发表9篇论文，其中关于"中子与反质子"等研究是开创性的成果。

1950—1956年，他开始主持宇宙线方面的研究，从设计建造磁云室和中国第一个高山宇宙线实验室等基础工作做起，研究了中性介子的衰变，从宇宙线中获得奇异粒子并对其寿命进行有效测量。他领导建立的宇宙线实验站及其开创性的工作，使我国宇宙线研究进入国际先进行列。

1956年秋，王淦昌到苏联杜布纳联合所领导一个研究小组的工作。1959年年底，王淦昌等研究人员确证并发现了第一个荷电的反超子（反西格马负超子）。1982年此成果获国家自然科学奖一等奖。

王淦昌在实验室指导科研工作

1964 年，王淦昌又提出用激光打靶实现核聚变的科学设想，是世界上激光惯性约束核聚变理论和研究的创始人之一，使我国在这一领域的科研工作走在当时世界各国的前列。

1984 年，王淦昌领导开辟了氟化氢准分子激光惯性约束聚变研究的新领域。同年 9 月，他以国家科委核聚变专业组组长身份提出"关于将受控核聚变能源开发列入国家长远规划重大项目的建议"。

1986 年 1 月，党中央领导会见了王淦昌等核专家，座谈我国核工业与和平利用核能的问题，王淦昌的建议引起了重视。

胡宁

胡宁（1916 年 2 月—1997 年 12 月），江苏宿迁人。理论物理学家，中国科学院院士，长期从事理论物理教学工作。他建立起一些主要的理论物理研究机构，传授现代物理学理论方法，培养出一批理论物理学家。

胡宁 1934 年考取浙江大学物理系，翌年，转到清华大学物理系学习；抗日战争爆发后，又随校迁至西南联合大学，1938 年毕业，并留校任教。1941 年，胡宁考取清华大学第五届赴美留学公费生，赴美国加利福尼亚理工学院深造。1943 年取得博士学位。之后，胡宁先后到美国普林斯顿高等研究院、爱尔兰都柏林高等研究院、丹麦哥本哈根大学理论物理研究所、美国康奈尔大学原子核研究所、美国威斯康辛大学和渥太华加拿大国家研究院等地，在理论物理学的许多方面进行研究。

1946 年赴英国参加纪念牛顿诞辰 300 周年会议

（左起：胡济民、梅镇岳、胡宁、彭桓武、周培源、何泽慧、钱三强、吴大猷）

胡宁于 1950 年年底回到国内，其后一直担任北京大学物理系教授。从 1952 年起，陆续担任中国科学院理论物理研究所和近代物理研究所的研究员，并兼任近代物理研究所四室副主任。1983 年兼任北京大学理论物理研究所所长。

胡宁早年致力于流体力学中湍流理论的研究，课题是在不同条件下湍流区域中的速度和温度的分布。20 世纪 40—50 年代，对介子的核力理论和广义相对论、S 矩阵理论、量子电动力学和粒子理论、高能多粒子产生理论和强相互作用理论等作了深入研究，取得多项重要成果。20 世纪 60 年代中期，他与别人共同领导建立和发展了强子内部结构的层子模型理论工作，并对有关问题作了系统研究，取得一系列成果。他还对高能物理实验中发现的大量新强子和新现象做了分析，并对强子结构和强相互作用的动力机理做了探讨。1955 年被选聘为中国科学院学部委员（院士）。

1956 年，杜布纳联合所成立。王淦昌、胡宁等著名科学家和我国一批中青年科技工作者先后参加该所的工作。他们主要来自二机部、中国科学院及几个大学和地方的研究机构，共 130 多人。胡宁从 1956 年建所开始，至 1959 年，供职于该所，并担任杜布纳联合所学术委员（由每一成员国派 3 名科学家组成）和理论研究组组长。他在该所的发展和培养中青年人才方面都作出了贡献。

张文裕

张文裕（1910 年 1 月—1992 年 11 月），福建惠安人。著名高能物理学家，中国科学院院士。他是国际知名科学家，早年就参加了"全美中国科学家协会"的筹建，后来又担任了协会执行主席。新中国成立后，他积极准备回国。1956 年他与夫人王承书克服重重困难，带着 6 岁的儿子回到了祖国。

　　张文裕 1931 年毕业于燕京大学。1938 年获英国剑桥大学哲学博士学位。回国后，先后在四川大学、西南联合大学任教。1943 年赴美国继续从事核物理研究和教学。他在普林斯顿大学工作了 7 年，期间有两项重要科研成果，一是与 S. 罗森布鲁姆教授合作建造了一台 α 粒子能谱仪；二是进行 M 子与核子相互作用的研究，在研究中发现了 μ 介原子，从而开创了研究物质结构的一个新领域，即奇异原子物理学。1950—1956 年，张文裕转到美国普渡大学工作，指导研究生研究宇宙线引起的高能核作用，并利用高能加速器进行粒子物理以及核物理方面的研究。

　　回国以后，张文裕任中国科学院物理研究所（今为中国原子能科学研究院）研究员、宇宙线研究室副主任，1964—1973 年任副所长兼宇宙线研究室主任。1957 年 12 月，受委派到瑞典斯德哥尔摩参加杨振宁、李政道的诺贝尔奖受奖仪式。1958 年去瑞典日内瓦参加第九届国际高能物理会议。1973 年调任中国科学院高能物理研究所第一任所长，也是中国高能物理学会的第一任理事长。1979 年中美签订高能物理合作协议，他担任第一、第二届中美高能物理会议中方主席。他长期担任中国物理学会理事、常务理事、名誉理事，还是中国核学会的名誉理事。曾任《中国科学》主编、《科学通报》副主编。1957 年应聘为中国科学院学部委员（院士）。他是第二至第六届全国人民代表大会代表，第四至第六届全国人民代表大会常委。他于 1978 年 5 月 12 日加入中国共产党。

　　1961 年，张文裕受我国政府委托，前往杜布纳联合所接替王淀昌教授的工作，担任该所的中国组长，并领导一个联合研究组，负责组织和领导我国在该所工作的科学家。他们研究高能中子在丙烷泡室中产生的各种基本粒子的产生截面、衰变形式和寿命，以及与其他粒子的相互作用等。张文裕把当时已知的重子共振态归纳成核子和超子的激发态，提出了一个重子能级跃进图，并根据这个想法对 Ao 超子和核子散射过程进行了研究，得到了 Ao（P）弹性散射的总截面和角分布。这个成果在当时来之不易。1964 年张文裕从苏联回国以后，一直致力于发展我国高能物理事业，为北京正负电子对撞机的建设及高能实验物理工作打下了良好基础。

1980 年，广州会议合影

（左起：朱洪元、张文裕、杨振宁、周培源、钱三强、李政道、彭桓武、胡宁）

朱洪元

朱洪元（1917 年 2 月—1992 年 11 月），江苏宜兴人。理论物理学家，中国科学院院士，长期从事粒子物理和核物理方面的研究，取得重要成果，为培养中国的理论物理人才作出贡献。

朱洪元

朱洪元 1938 年毕业于同济工学院机械工程系。1939—1944 年，先后任昆明第 50 兵工厂技术员、同济大学助教、昆明无线电厂技术员等职。1945 年赴英国曼彻斯特大学物理系学习，1948 年获哲学博士学位，之后任该校物理系帝国化学工业科学基金会研究员。1950 年回国后任中国科学院近代物理研究所（1953 年 10 月改称中国科学院物理研究所）研究员，1957 年任中国科学院物理研究所（1958 年 7 月改称中国科学院原子能研究所）研究员、理论研究室主任，并兼任北京大学教授。1959—1961 年，在杜布纳联合所任高级研究员。1973 年以后，历任高能物理研究所研究员、理论物理研究室主任、副所长、所学术委员会主任，中国科学技术大学近代物理系主任等职。1980 年当选为中国科学院学部委员（院士）。

1959—1961 年，他在杜布纳联合所任高级研究员期间，利用色散关系对 π 介子之间及 π 介子与核子之间的低能源相互作用进行研究，取得重要成果。1961 年，从杜布纳回国后，朱洪元从事包括光子、电子、中子和原子核在内的高温、高密度系统的输运过程、反应过程和流体力学过程的研究，取得多项重要成果，这是中国在此领域研究工作的开端。

20 世纪 60 年代中期，朱洪元和胡宁共同领导一些学者与国际上同时提出并系统研究了层子模型理论，开辟了强子内部结构理论研究的新领域。他在推进北京正负电子对撞机研制方面做了大量工作，在方案论证的制定过程中发挥了重要作用。

周光召

周光召（1929 年 5 月—），湖南宁乡人。科学家、核物理学家，中国科学院院士，是世界公认的赝矢量流部分守恒定理的奠基人之一，"两弹一星"功勋奖章获得者，为我国"两弹"研制和核试验作出的突出贡献。

周光召 1951 年清华大学物理系毕业后即转入北京大学研究院，师从于著名物理学家彭桓武教授，进行基本粒子物理的研究。1954 年北京大学理论物理研究生毕业后留校任教。1957 年春，被国家遴选派赴杜布纳联合所从事高能物理、粒子物理等方面的基础研究工作，任中级研究员。1961 年 2 月回国，5 月调入二机部北京核武器研究所任理论部第一副主任，进行有关核理论的研究。至 1979 年，他先后任九院理论研究所副所长、所长，二机部九局总工程师。1979 年 8 月，任中国科学院理论物理研究所研究员。1980 年，当选为中国科学院学部委员（院士），9 月，应邀去美国弗吉尼亚大学和加州大学任客座教授。1981 年 9 月，赴西欧原子核研究中心任研究员；他是 20 世纪 60 年代以后被邀请的第一位中国物理学家。1982 年 9 月回国，先后任中国科学院理论物理所副所长、所长。1984 年 4 月任中国科学院副院长，1987 年 1 月任中国科学院院长、党委书记。曾任中国物理学会副理事长、"陈嘉庚基金会"理事长。1988 年 10 月，兼任国务院学位委员会副主任委员。1991 年 5 月当选为第四届中国科协副主席，翌年 4 月当选为中国科学院学部主席团执行主席，1996 年 5 月—2006 年 5 月当选为第五、第六届中国科协主席，2006 年 5 月被授予中国科协名誉主席。

周光召（右二）在苏联杜布纳联合所与王淦昌（右一）、
胡宁（中）、赵忠尧（左一）及外国专家讨论问题

在杜布纳联合所工作期间，周光召在国外杂志上发表了 33 篇论文，在《中国科学》等杂志上发表了 12 篇论文。其中有不少研究成果引起国际物理学界的普遍重视，并给予很高的评价，有些

成果达到了当时世界先进水平。如"关于赝矢量流和重介子与介子的轻子衰变"这篇论文，是最早讨论赝矢量流部分守恒定理的文章之一。他所推导出的赝矢量流部分守恒定理，直接促进了流代数理论的建立，并且是对弱相互作用理论的一个重要推进。所以，他是世界公认的赝矢量流部分守恒定理的奠基人之一。

何祚庥

何祚庥

何祚庥（1927 年 8 月—），生于上海，籍贯安徽望江，祖籍江苏扬州。粒子物理、理论物理学家，中国科学院院士。

何祚庥 1945 年考进上海交通大学化学系，两年后转入清华大学物理系，一年后从清华大学毕业后分配到中央宣传部理论教育处工作，不久，调至中央宣传部新成立的科学处。1956 年年底，何祚庥调到中国科学院物理所，在原子能理论物理研究室工作，受到著名理论物理学家彭桓武教授的指导。1959 年，何祚庥赴杜布纳联合所工作与学习，1960 年奉调回国。

何祚庥回国后，参加原子弹、氢弹理论研究工作。在原子能研究所轻核理论攻关小组，他与于敏、黄祖洽密切配合，共同探索实现氢弹原理突破的途径；他们对氢弹可能爆炸和点火的机理进行了多方面的探索，尤其从氢弹理论的最基础部分，对流体力学和辐射的作用，深入研究，建立了物理模型，并推导出流体力学与中子扩散、光辐射等耦合的简化方程组。这套方程组后来在物理研究中发挥了重要作用。

何祚麻主要从事粒子物理及各种应用性问题研究，并取得多项重要成果。

唐孝威

唐孝威（1931年10月—），江苏无锡人，祖籍江苏太仓。核物理及高能物理学家，先后在北京核武器研究所和中国科学院高能物理研究所工作，曾负责原子弹所需的核测试及探测器的研制工作，中国科学院院士。

唐孝威1949年毕业于上海南洋模范中学，后考入北京清华大学。1952年毕业后分配到中国科学院近代物理研究所从事核探测工作。1958

唐孝威

年赴杜布纳联合所从事高能物理研究，1960年4月回国，到北京核武器研究所负责原子弹所需的核探测及探测器的研制工作，历任研究员、室主任。后任中国科学院高能物理研究所研究员，中国科学院科学技术委员会副主任，浙江大学教授、博士生导师，北京大学、中国科学技术大学等兼职教授，上海原子核研究所兼职研究员等。1980年当选为中国科学院学部委员（院士）。曾任中国和平统一促进会理事。

吕敏

吕敏（1931 年 4 月—），江苏丹阳人。核物理学家，曾多次参加我国核试验，在核试验的物理诊断领域中长期从事系统的、开创性的工作，中国科学院院士。

吕敏 1952 年从浙江大学物理系毕业，分配到中国科学院近代物理所从事宇宙线基本粒子的实验研究。1959 年赴杜布纳联合所工作。1962 年回国后被调到国防科委，参加我国核武器试验

吕敏

工作，在马兰核试验基地工作 20 多年，主要从事核试验的物理诊断测量工作。曾担任基地研究所副所长、基地科技委主任。

1987 年吕敏调回北京，在国防科工委系统工程研究所任研究员，从事抗辐射加固技术和军备控制的科学技术等研究工作。1988 年起担任抗辐射加固技术专业组组长。1990 年起当选为中国核学会副理事长，1991 年当选为中国科学院学部委员（院士）。

方守贤

方守贤（1932 年 10 月—）：上海人。高能加速器物理学家，中国科学院院士，先后在原子能研究所和中国科学院高能物理研究所从事科技工作。

方守贤 1955 年复旦大学物理系毕业后，分配到中国科学院原

子能研究所工作，1957—1960 年先后在苏联列别捷夫研究所和杜布纳联合所工作和学习。1960 年回国并回原子能研究所工作。1986 年任北京正负电子对撞机工程经理、中国科学院高能物理研究所副所长。1988—1992 年任高能物理研究所所长。后任北京正负电子对撞机国家实验室主任、中国核学会理事、粒子加速器学会理事长。曾任国际未来加速器委员会委员、韩国浦项同步辐射光源国际科学咨询委员会成员、日本理化所同步辐射光源国际科学咨询委员会成员。

左起：钱绍钧、方守贤、吕敏、王乃彦

1960—1964 年，方守贤对当时国际上新型的等时性回旋加速器进行了设计及研究，首先发现了这类加速器中存在着一种由于自由振荡而引起的对等时性的破坏，指出由于没有考虑到这一效应而导致的严重错误。他还带领有关同志，对等时性回旋加速器做了较为系统的理论研究，研究水平在当时处于国际领先地位。

1964—1965年，由于苏联撤走专家，给当时苏联援助的同位素分离器的安装及调试带来了一定的困难。方守贤带领有关同志对同位素分离器的设计理论进行了系统的研究。该工作不仅对分离器的安装、调试起指导作用，而且指出了当时设计中的不足之处，为后来的改进打下基础。

在几十年的科研实验中，方守贤取得了多项成果。

丁大钊

丁大钊（1935年1月—2004年1月），江苏苏州人。核物理学家，从1960年年底开始，负责轻核反应实验小组，也曾为我国氢弹的研制进行早期预研。中国科学院院士。

丁大钊1955年毕业于上海复旦大学物理系，同年10月到中国科学院物理研究所工作。1956年9月，丁大钊被派赴苏联实习。在杜布纳联合所的四年中，丁大钊有幸成为王淦昌先生的学生，这是他在科学研究工作中成长较快、得益最多的时期，为他以后的科研工作打下了一个良好的基础。

1960年9月，因中苏关系破裂，在粒子物理研究中崭露头角的丁大钊，坚决辞去苏方实验室领导人要他留下工作、获得学位的邀请，和周光召等人一起回国。1960年10月返回原子能研究所，在中子物理研究室进行核物理研究。先后任研究组组长、研究室主任、物理部副主任、博士生导师、院科学技术委员会副主任。1991年当选为中国科学院学部委员（院士）。1990—1995年

丁大钊院士在实验室

兼任中国科学院高能物理研究所北京正负电子对撞机国家实验室副主任，负责开拓同步辐射应用并参与高性能同步辐射光源的建设。他是国家重大科学工程项目上海光源建设的最早建议人之一。1999年任中国原子能科学研究院北京串列加速器核物理国家实验室主任、中国核工业集团公司科学技术委员会高级顾问，负责开展的"加速器驱动结晶核能系统的物理和技术基础"项目被列入国家"973"计划项目，并担任该项目首席科学家。

在杜布纳联合所工作期间，丁大钊参加了王淦昌领导的寻找新粒子和研究高能核作用下次级粒子产生特性的实验组。1959年，这个组发现了反西格马负超子。丁大钊在此发现中所做的工作是，提出并发展了一种确定径迹气泡密度，进而鉴别粒子的方法，为鉴定与分析反西格马负超子事例解决了关键性问题。1982

年，王淦昌、王祝翔和丁大钊因发现反西格马负超子获国家自然科学奖一等奖。

王乃彦

王乃彦（1935 年 11 月—），福建福州人。核物理学家，原子能研究所研究员，他当年被派到青海核武器研制基地，在一线参与氢弹研制的科研、试验工作。中国科学院院士。

王乃彦院士辅导学生

王乃彦 1956 年毕业于北京大学物理研究室技术物理系，分配到原子能研究所（现中国原子能科学研究院）钱三强小组工作，从事中子能学的研究。三年后，钱三强推荐王乃彦前往杜布纳联合所，王乃彦在该所中子物理实验室工作了 6 年。1965 年回国，到青海核武器研制基地工作，先青海后四川，后随九院迁至四川，前后共 15 年。1978 年，他随王淦昌一起调回原子能研究所，先后任实习研究员、副研究员、研究员，14 室主任，核物理所所长，院科技委副主任，核工业研究生部（院）主任、院长。曾任中国核工业总公司科技委副主任，中国核学会副理事长、理事长。曾兼任北京师范大学核科学与技术学院院长、国家自然科学基金委员会副主任。

钱绍钧

钱绍钧（1934 年 10 月—），浙江平湖人。核物理学家，参加了历次核试验的放射化学诊断工作，中国工程院院士。

钱绍钧 1951 年毕业于上海市上海中学，同年考入清华大学物理系。1952 年在北京俄语专科学校学习俄语一年，1953 年转入北京大学物理系。1955 年因国家需要又转到技术物理系攻读实验原子核物理。翌年毕业后留校任助教兼做研究工作，期间还曾担任苏联辐射剂量学专家的专业翻译。1959 年调北京市科委工作。1962 年被国家派去杜布纳联合所，在我国著名高能物理学家张文裕指导下从事高能物理研究。1965 年回国后在二机部原子能研究所高能物理研究室、放射化学研究室工作。1966 年 3 月调国防科委核试验基地从事核试验诊断技术的研究，历任研究室副主任、主任。

从 1966 年开始，钱绍钧作为技术负责人参加了历次核试验的放射化学诊断工作，主持或参加了许多诊断技术和方法的研究。他先后主持完成了核爆炸中放射性核素的分凝规律、钚燃耗测定、

在学术会议上，钱绍钧（前排中），周永茂（左一）

氢弹试验中锂同位素燃耗测定等课题的研究，以及多项测试技术的改进、核数据的编评等工作，拓展了核试验放射化学诊断领域，提高了测试精度。组织领导了多项地下核试验工程技术的攻关，取得了突破，为建立适合我国试验场地质条件的地下核试验工程技术体系作出了贡献。1983年后任基地副司令员、司令员，并主管基地技术工作。1987年任研究员。1988年被授予少将军衔。1990年调任国防科工委科技委常任委员。1995年当选为中国工程院院士。

第二章 王淦昌与杜布纳

第一节 青年才俊王淦昌

◎祖国在我心中

1907 年 5 月 28 日（清光绪三十三年农历四月十七日），王淦昌出生在江苏省常熟县支塘镇枫塘湾的王家宅院，他的父亲是当地一位有名的中医。1915—1920 年，王淦昌在太仓县沙溪镇的新式洋学堂度过了小学时光。"五四"运动爆发时，正读小学的王淦昌在学校老师的组织下，参加了示威游行。虽然当时的他才 12 岁，还不能全面理解"五四"运动的深刻内涵，但看到镇上百姓向游行队伍投来支持的目光，王淦昌深受鼓舞，"爱国"两字从此深深地铭记于心。

七十多年后，当王淦昌回忆起这段往事时，仍然激动地说："这是我第一次上街游行，那时候还小，只觉着是为国家兴亡出点力就是光荣，大家就欢迎，否则受人唾弃，岳飞和秦桧就是一例，我从小就想着要做岳飞那样的人。"

1920 年 9 月—1924 年夏，王淦昌在上海浦东中学接受了现代教育，打下了数学和英语的坚实基础。1925 年 6 月，上海发生了震惊全国的"五卅"惨案，各界群众纷纷起来反对帝国主义的暴行，王淦昌也参加了这一反帝爱国运动。一天，王淦昌与同学们一起上街游行，他抱着一捆传单，一路走，一路散发，突然一个英租界的印度籍巡捕抓住了他。王淦昌义正词严地责问巡捕："在我自己的国土上散发传单，你凭什么抓我？"巡捕愣了一下用英语说："你自己的国土？可这里是英租界！"王淦昌同样用英语反驳："正因为这里是英租界，我才来散发传单。这是我为祖国的命运而斗争，你却为侵略者效劳，如果这事发生在你的祖国，你能抓自己的同胞吗？"巡捕哑然，或许是王淦昌的行为感动了巡捕，他没有再说什么，走到一个偏僻的地方，就挥手叫王淦昌快走，他自己也掉头走了。

就在这一年夏天，王淦昌考上了清华大学。清华原来是留美预备学校，从 1925 年开始，设立大学部，招收一年级学生，向完全大学过渡。王淦昌去投考后，被录取为大学部的第一级学生，后来改称为清华大学第一届学生。

1928 年 4 月摄于清华校园中

在清华大学，叶企孙先生对王淦昌的传授和指引，使他对实验物理产生了浓厚的兴趣，所以在一年后分科的时候，王淦昌果断选择了物理系。吴有训先生的实验课也对王淦昌产生了难以估量的影响，人们评论王淦昌是"吴有训作坊里的高徒"。叶企孙教授和吴有训教授是中国近代物理学的先驱，也是王淦昌的物理学启蒙老师。

在他们的言传身教和指引下，王淦昌走上了物理学研究的道路。

在大学的最后一学期，王淦昌接受了吴有训先生安排的一项新的实验工作——"测量清华园周围氡气的强度及每天的变化"。这个题目涉及气象知识和实验方法，当时在国内尚无人涉猎。经过几个月艰苦的科学劳动，王淦昌成功完成了实验并写出了毕业论文。吴有训先生对他出色的工作成绩和成果非常满意。王淦昌毕业后，吴有训把他留下当了助教。

1930年，在叶企孙和吴有训先生的鼓励下，王淦昌考取了江苏省官费留学生，被分配去德国柏林大学读研究生，师从著名实验物理学家迈特纳教授。柏林大学在当时是世界科学研究的一个中心，迈特纳是柏林大学第一位女教授，爱因斯坦曾称她为"我们的居里夫人"。

1930年王淦昌赴德国途中，在轮船上

王淦昌在德国留学的四年（1930—1934年），正是现代物理学史上的黄金时代，新的理论、新的发现一个接一个。这一系列的进展，在德国物理学界引起了强烈反响，对王淦昌也是很大的鼓舞，他觉得物理学实在太有趣了，他也更加热爱他所选择的专业了。

1931 年王淦昌在德国留学与老师叶企孙（中）、曾炯之（左）在一起

1932 年王淦昌在德国

1932 年王淦昌在德国留学

1933年王淦昌（左二）及中国留学生游览德国莱茵河在 Wuppertal 车站合影

在德国，王淦昌十分想念祖国，常常回忆起自己在国内的事情。他从来没有忘记，1926 年 3 月 18 日，北平 5000 多名群众在天安门集会游行，反对英、美、日等八国政府提出的最后通牒，但却遭到段祺瑞政府军警血腥镇压的情形。当时清华大学也有部分同学参加集会，王淦昌亲眼看到他的同学在他身旁中弹倒下。王淦昌更没有忘记，就在"三一八"惨案发生的那天晚上，叶企孙先生对他讲的："如果我们的国家有大唐帝国那般强盛，这个世界上谁敢欺侮我们？只有科学才能拯救我们的民族！"这一切都使王淦昌深深感到中国青年应该肩负起救国的重任，也成为了王淦昌走科学救国道路的推动力！

所以，王淦昌在德国抓紧一切时间和机会学习。他常常在研究室待至深夜，忘记了时间。研究室的大门每天夜里十点便会被锁上，王淦昌不得不翻越围墙才能回到宿舍。围墙外面的积雪上，总是留下他深深的脚印。王淦昌废寝忘食地学习，因为他知道，自己必须学好本领，才能报效祖国。

1931 年"九一八"事变后，王淦昌更加思念祖国和亲人，天天去看当天的报纸。有人劝他说："科学是没有国界的，中国很落后，没有你需要的科学研究的条件，何必回去呢？"王淦昌对他们说："科学没有国界，但是科学家有祖国。现在我的祖国正在遭受苦难，我要回到祖国去，为她服务！"

1933 年 5 月 31 日，丧权辱国的塘沽协议签订后，中国军队被迫从热河撤退到昌平等地。消息传到德国，王淦昌义愤填膺，真想回中国打日本鬼子去！此时，王淦昌正紧张地准备博士论文。有一次，导师迈特纳对王淦昌说："年轻人，我羡慕你，你还有祖国，还有母亲庇护。可我被认为是异教徒，已经遭受失去母亲的痛苦。"望着眼前的犹太籍导师，王淦昌流着泪说："教授，您也许不知道，我的祖国也处在水深火热之中啊。"

那段日子，王淦昌心急如焚。特别是那种所谓"优秀民族统治劣等民族"的论调，令他非常气愤。强烈的民族自尊心，顿生成为国洗耻的愿望。王淦昌积极准备，终于在 1933 年 12 月顺利通过了博士论文答辩，年仅 26 岁的他成为了物理学博士，当时人们都称他为"Boy Doctor"（孩博士）。那时的王淦昌不会想到，50 年后的他又会得到一个"金博士"的称号。1984 年 4 月 18 日，在联邦德国驻华使馆，西柏林自由大学校长黑克尔曼教授代表该校庄重地授予王淦昌荣誉证书，以纪念他在柏林大学获得博士学位 50 周年。这个被德国人趣称为"金博士"的荣誉，是专门为获学位 50 年后仍站在科学第一线的科学家们设立的，王淦昌是享有这一荣誉的唯一的中国人，黑克尔曼校长称他是西柏林自由大学的骄傲。

1934 年 4 月，王淦昌终于乘轮船回到了灾难深重的祖国。

1984 年 5 月 9 日西柏林自由大学授予王淦昌荣誉证书，以纪念王老在柏林大学获得博士学位 50 周年仍站在科研第一线

◎ 寻找神秘的中微子

王淦昌归国后，先后在山东大学、浙江大学任物理系教授，教书育人，把自己学到的知识用以培养新的一代，实践自己当初

"科学救国"的誓言。王淦昌那时才二三十岁，有些老教授都戏称他为"娃娃教授"。王淦昌提倡启发式教学，循循善诱，重视学生的基础教育和实践能力；而且他一直活跃在物理发展前沿，造诣很高，备受大家敬重。

1934 年任山东大学教授时的照片

　　1937 年"七七"事变不久，战火便蔓延到上海。1939 年 2 月，日军轰炸浙江宜山，浙江大学的礼堂及部分教师宿舍被炸毁。1940 年初，王淦昌随浙江大学西迁至贵州遵义，后又迁至距离遵义 75 公里的湄潭县。

1934 年王淦昌（右四）与山东大学物理系全体人员合影

1935年9月王淦昌（后右一）与浙江大学物理系同事游览杭州水乐洞

1935年王淦昌在
青岛海边

由于这两三年迁校，生活不安定，又缺少营养，再加上路途劳累，王淦昌本来就患肺病多年，身体较弱，到了遵义就顶不住了，病情愈加严重。系里为了让他养病，只给他开了近代物理一门课，后来王淦昌又主动开了一门电磁波课。

即使在这样艰苦的环境和虚弱的身体条件下，王淦昌也没有停止科学研究。他利用养病的机会，集中阅读了近几年来有关中微子问题的论文。

什么是中微子？这一概念最先由奥地利物理学家泡利提出。

20世纪30年代，物理学界发生了一起重大"失窃"案件。人们在研究中发现：当放射性原子核发射出一个电子后，这种原子核就变成了另一种原子核。这个变化过程并不符合一直以来的能量守恒定律，能量被"偷窃"了！为了解释这种现象，泡利提出，"偷窃"能量的很可能是一种尚未发现的粒子，并称为"中微子"。费米后来又从理论上肯定了中微子的存在。

1935年王淦昌在青岛山东大学

　　泡利的假说、费米的理论固然都是很出色的，但假若没有实验来验证中微子的存在，那么他们的工作成果就成了空中阁楼，没有实际意义。尽管有不少实验物理学家做过这方面的实验，却一直没有找到中微子的踪迹。究其原因是因为中微子是一种很古怪的粒子，它不带电，以光一样的速度前进，穿透力很强，人们抓不住它，因此很难在实验中确认它的存在。显然，如果能够证实中微子的存在，这将是实验物理学的一大成就。

针对各国科学家直接采用探测器未能找到中微子的疑难，王淦昌经过深思熟虑、精心推算，想到了 K 俘获的方法。但在国破家亡的年代，由于不具备做实验的条件，王淦昌没有办法亲自来做这个实验。他曾设法从比利时买到 10 毫克镭元素，准备做实验的放射源，然而，当时的遵义连起码的实验设备都没有……

1935 年王淦昌在山东大学任教时与
好友任之恭（左）在青岛留影

既然自己无法进行实验，那就把它贡献给国际社会吧！在昏暗的油灯下，王淦昌将自己的想法写成一篇论文——《关于探测中微子的一个建议》。文章中，王淦昌建议用^{7}Be（放射性铍）的 K 电子俘获过程，来探测中微子的存在。他先是把文章寄到了《中国物理学报》，结果因为战争，学术刊物经费困难，《中国物理学报》一年只出一期，不得已只能退稿。

于是，1941 年 10 月 13 日，王淦昌又把文章寄给了美国《物理评论》，并于 1942 年年初正式发表。文章开始就说："众所周知，不能用中微子的电离效应来探测它的存在。测量放射性元素的反冲能量和动量，是能够获得中微子存在的证据的唯一希望。"

1936 年王淦昌在杭州满角垅（桂花树）

王淦昌的文章发表后过了几个月，美国科学家阿伦就按照王淦昌的建议做 K 电子俘获的实验，测量了反应后粒子的反冲能量，阿伦的实验报告《一个中微子存在实验证据》发表在 1942 年 6 月的《物理评论》上。这个实验引起了国际物理学界的注意，成为 1942 年世界物理学界的重要成就之一。阿伦在论文中明确承认他是采用了王淦昌的建议，王淦昌的贡献得到了国际公认，这个实验也被称为"王淦昌—阿伦实验"。

1936 年王淦昌在杭州
钱塘江观潮处

关于王淦昌所写这篇论文的重要性，物理学家李炳安、杨振宁作过这样的评价："提出用 K 电子俘获的办法寻找中微子，这是一篇极有创造性的文章，在确认中微子存在的物理工作中，此文一语道破了问题的关键。"美国《物理评论》杂志也将此文评为年度最佳论文。王淦昌因此荣获第二届范旭东奖，还被美国科学促进协会列入《百年科学大事记》之中。王淦昌为中国争得了荣誉，K. C. Wang（王淦昌）也因此扬名海外。

1944 年王淦昌全家摄于贵州湄潭县

但是很可惜，阿伦的实验也是在战争期间进行的，条件不够理想，没能够测到单能反冲，跟王淦昌的建议还有一点出入。王淦昌对阿伦的实验结果总感到不满足，继续思考怎样探测中微子的问题。1947 年，王淦昌又写了《建议探测中微子的几种方法》，发表在美国《物理评论》杂志上。阿伦和另外几位物理学家也陆续作了一系列 K 电子俘获实验。到 1952 年，阿伦才第一次发现单能的反冲核，实验最终获得成功，确认了中微子的存在。

1950 年王淦昌在浙江大学物理系与师生合影（地点杭州大学路浙大旧址）

这是一件既令人高兴，又让人感到心酸的往事。王淦昌后来曾说过，"我想出来的实验，由外国人做出来，而不是在中国由我们自己做出来，这是很可惜的，也是一件十分遗憾的事情。但是在抗战时期，我们国家很穷，要钻研前沿科学问题，缺乏必要的设备条件，科学家只能做这和搭桥的工作，这种工作在物理学界也是很重要的。"

1949 年 10 月 1 日，中华人民共和国成立了，王淦昌欢欣鼓舞地迎接新中国的诞生。多年后回首往事，王淦昌曾动情地说："爱国与科学紧密相关，这成为我生命中最最重要的东西，决定了我毕生的道路。"

科普链接:

【中微子】在基本粒子的大家庭中，还没有哪一个粒子能像中微子那样，那么令人捉摸不透，那么令人困惑，而又那么充满生机。宇宙空间里，中微子很多，太阳和很多天体都会放出中微子。中微子很孤僻，它不和别的东西发生作用，它的穿透能力很强，可能现在就有一个中微子正穿过你的身体，穿过地球！

中微子能穿越地球

◎追踪来自宇宙深处的"信使"

1949 年 12 月的一天，王淦昌在浙江大学收到钱三强和何泽慧夫妇从北京寄来的一封信，他们邀请王淦昌到北京商量发展核科学研究的计划，以及从事核物理研究。王淦昌专门跑到北京与钱三强、何泽慧见面，他们相谈甚欢，并讨论了如何开展原子核物理研究的问题。这次谈话坚定了王淦昌到北京工作的信心，同时，新中国成立后国家发生的变化，也使王淦昌对发展祖国原子核科学事业充满希望。他感到了作为一个科学工作者应负的责任，决定到北京加入到新中国核科学研究的队伍中去。

1950 年 2 月，王淦昌来到了北京，考虑到研究工作的需要，他把云雾室也带到了北京。云雾室是 1947 年王淦昌到美国加利福尼亚的伯克利，在布罗德教授和弗雷特教授的帮助下，和琼斯合作做成的。他们用它进行过宇宙线中介子衰变的研究，在不到一年的时间里，取得了好的结果。王淦昌回国的时候，布罗德教授送给了他一个云雾室。

1950 年 5 月 19 日，中国科学院近代物理研究所（中国原子能科学研究院前身）成立，吴有训任所长，钱三强任副所长。一年后，钱三强任所长，王淦昌和彭桓武任副所长。他们研究确定了五个科研方向：理论物理、原子核物理、宇宙线、放射化学和电子学。王淦昌不仅主持所内的日常工作，而且直接领导开创了我国宇宙线的研究。他在萧健的协助下，负责宇宙线组的工作。做宇宙线研究，这是王淦昌多年的愿望，现在终于有机会了，他感到十分高兴。

宇宙线是来自宇宙空间的高能粒子流，由各种原子核以及非常少量的电子、光子和中微子等组成。它们又被称作"银河陨石"、传递宇宙大事件的"信使"，这是因为宇宙线粒子不同于光辐射，它们本身就是组成宇宙天体的物质成分，并携带着宇宙空间环境信息来到地球。

近代物理研究所成立初期，条件困难，买不到所需的仪器设备。可是要开展核物理和放射化学研究，少不了各种探测仪器，王淦昌他们就学习延安时期"自己动手，丰衣足食"的精神，发动大家自己动手，一切从头做起。王淦昌在宇宙线组提出研制仪器和实验工作并进。他首先动手制作仪器，制作了计数管，焊接好自动电子线路，配上闪光光源，在一间暗室里开始了宇宙线照片的拍摄。

为了寻找高能量的奇异粒子，研究宇宙线与物质的作用，王淦昌软磨硬泡把赵忠尧先生从美国带回来的多板云雾室借来了。1952年，王淦昌领导设计建造了带有电磁铁的云雾室；1954年在云南落雪山海拔3180米的地方，建造了我国第一个高山宇宙线实验站。落雪山宇宙线试验站海拔高、气候好，是世界上少有的高山站。

王淦昌把年轻同志分为两组，他和萧健各领导一个组，指导大家开展工作。那时候工作条件很差，做云雾室温度控制实验，是用电吹风加热，有一次还把周围的木头都烘着了。现在听起来挺搞笑的，可在当时，王淦昌他们一心想着祖国的科学事业，只知道工作，工作，浑身上下有使不完的劲儿。

从1955年开始，宇宙线研究出了一批成果，先后发表在《物理学报》和《科学记录》上。《一个中性重介子的衰变》等论文，在国际性的宇宙线物理会议上引起了世界同行的关注。到1957年年底，落雪山实验站获得了700多个奇异粒子事例，在当时世界上各个宇宙线实验室中还从来没有得到过这样多的奇异粒子的信息，因而受到了国际上的重视，使我国宇宙线研究进入当时国际先进行列。

科普链接：

【宇宙线】1900—1901 年，人们在研究空气的电离现象时，发觉静电计总有漏电现象。起初，人们以为这种现象是地壳中的放射性物质发出的射线引起的。为了验证这种设想，人们做过很多实验，有人甚至带着静电计爬到巴黎埃菲尔铁塔顶上，但都没有结果。1911 年的一天，奥地利年轻的物理学家赫斯，冒着生命危险，乘高空气球进行精密测量，他一直升到 5350 米的高空。结果表明，气球开始上升时，电离强度逐渐减弱；到了离地面 800 米以上的高空，空气电离却越来越强。原来有一种来自宇宙空间的射线，时时袭击着地球，引起空气电离，这就是宇宙线。

赫斯因为发现宇宙线，获得了 1936 年度的诺贝尔物理学奖。宇宙线粒子很小很小，肉眼无法看到，但宇宙线粒子的数目非常大，它们的穿透本领极强，有一部分可以穿过地球大气层，射到很深的地下，有的还可以穿透地球。每天有 10 万个以上的宇宙线粒子穿过人们身体，不过它对人本没有伤害。

宇宙线 1

宇宙线 2

【云雾室】云雾室是英国物理学家威尔逊发明的，是研究核物理和高能物理的一种重要工具，它的设计很巧妙，能够使人们"看见"带电粒子走过的轨迹。这种径迹探测器是怎样创造出来的呢？威尔逊是这样描写的："1984年，我在苏格兰最高的山峰本尼维斯山顶上的天文台住了几个星期，当太阳照耀在围绕着山顶云层的时候，出现了令人惊奇的光学现象。当时站在山顶上观察的人都有影子投在云雾上，影子周围是带颜色的光环。这大大地激发了我的兴趣，促使我在实验室去模仿它们。"

云雾室 1

云雾室 2

从1895年开始，威尔逊就进行一些实验，使湿空气膨胀，制造云雾。经过10年的研究和不断改进，到1940年，威尔逊的云雾室已经达到完善的地步。这是一个一面有块厚玻璃的密封容器，里面充满空气，并且加入水蒸气或者酒精蒸汽。如果使云雾室的体积突然膨胀，室内的温度骤然下降，就造成了过饱和状态。这时候，如果有带电粒子穿过云雾室内的气体，在它通过的路径上，就会引起气体分子电离，形成一条由小水珠或液滴组成的径迹。如果液滴长得足够大，人的肉眼就可以清楚地看见。用闪光照相机把它们拍摄下来，通过测量径迹的长度和液滴的密度，就可以知道粒子的质量和它的能量大小。

第二节　在杜布纳的日子

◎ 与杜布纳结缘

提起杜布纳，未去过苏联的人，也许只能凭想象到莫斯科近郊的杜布纳河畔或伏尔加河岸去寻找它。其实，它就在这两条河与一条姐妹河环抱的一片密林里。其间，确实有座圆形大厦。那一根根圆形巨柱，宛若无数支臂膀托起硕大的天棚。它在阳光下闪射金玉般的光彩。这就是杜布纳联合所。

1956 年 9 月，王淦昌和李薿代表中国前往莫斯科参加杜布纳联合所成立会议。会后，遵照上级决定，王淦昌留在杜布纳联合所工作，先担任高级研究员，后来任杜布纳联合所副所长。来到杜布纳联合所不久，王淦昌就组建了一个研究小组，成员主要由中、苏两国科研人员组成，王淦昌作为组长，领导大家积极开展高能物理实验的准备工作。

开展实验物理工作，首先要选准、选好物理课题，这是最重要，也是最关键的。既要考虑到所选物理问题的重要性，又要考虑到实验条件的可能性和现实性，包括高能加速器、探测器及附属设备等各个方面。

　　20 世纪 50 年代正是第一代高能加速器陆续建成投入运行的时期。美国、苏联以及西欧，不仅在加速器的建造上相互竞赛，而且都希望在各自建设的加速器上取得最有贡献的成果。1954年，美国伯克利建成了 6.4GeV 质子同步稳相加速器；1955 年，美国物理学家张伯伦、塞格雷等领导的小组利用这台加速器首先发现了反质子；1956 年他们又发现了反中子，使反粒子的存在进一步得到了证实。

1957 年，王淦昌（左）与杜布纳联合所所长（右）
会见罗马尼亚科学院院长（中）

　　杜布纳联合所建造的 10GeV 质子同步稳相加速器，在当时是世界上能量最高的加速器。然而，与此同时，设在日内瓦的欧洲原子核研究中心的 30GeV 质子同步加速器也正在建设中，美国、澳大利亚也准备建造更高能量的加速器。可见竞争有多么激烈！

1958 年王淦昌（右）在苏联杜布纳联合所与
所长布洛欣采夫（中）在一起

　　杜布纳联合所的加速器在能量上仅占几年的优势，能不能在
这短短的几年内，抢在欧洲原子核研究中心的加速器建成之前做
出成果，获得重大发现？苏联的同志们也都知道王淦昌过去在高
能物理方面做过的一些工作和取得的成绩，大家都把眼睛盯在王
淦昌身上。尤其是维克斯勒院士，作为高能实验室主任，当时最
大功能加速器的设计、建造负责人，他十分关注这台加速器能否
得到领先成果的问题，他寄厚望于这位中国天才身上。王淦昌不
免感到压力很大。他心想：自己必须选择一批有可能突破的研究

课题，选择有利的技术路线，争取时间做出符合该加速器能量优势的成果。

在王淦昌的科研生涯中，不乏精明的目标选择，但终因种种困难，使他几次与物理学的最高荣誉失之交臂。现在机会来了，他必须抓住杜布纳有利的实验条件，迫使历史偿还他和祖国早该得到的科学荣誉席位。

1959 年，在苏联工作时的王淦昌（左）与友人合影

为此，王淦昌根据国际上面临的各种前沿课题，结合杜布纳联合所高能加速器的特点，以其准确的科学判断力提出了两个研究方向：一是寻找新奇粒子，包括各种超子的反粒子；二是系统地研究高能核作用下各种基本粒子的产生规律。

王淦昌无疑是运筹帷幄的天才科学统帅，他不仅选择了目标和进击的道路，还亲自指挥三个工作小组——新粒子研究、奇异粒子产生特性研究和π介子多重产生研究，三路并进，攻关夺隘。

当时的杜布纳联合所，除了 10GeV 质子同步稳相加速器以外，其他方面，像粒子探测器、测量仪、计算机等实验条件几乎一无所有。到 1956 年秋季时，杜布纳联合所只具备一套确定次级粒子及其飞行方向的闪烁望远镜系统、一台大型扩散云雾室和一台膨胀式云雾室。这些探测器固然有一定的用处，但不能发挥高能加速器的优势来进行前沿课题的研究。

1989 年王淦昌重返杜布纳联合所，并在该所做学术报告

因此，当研究方向确定后，王淦昌遇到的很大一个问题就是选择什么样的探测器。考虑到超子的反粒子是不稳定粒子，寿命很短，从产生到衰变，飞行的距离很短，利用能够显现粒子径迹的气泡室作为主要探测器是比较理想的。

杜布纳的秋天，风景迷人。王淦昌爱在爬满红叶藤蔓的围墙墙根小路或在林荫花径上踱步沉思。他沉思时，对一切视而不见。

维克斯勒院士摇摇头，问他："路好走吧？"

王淦昌的回答使那位享有崇高威望的院士奇怪。他说："好极了，多么清晰的径迹！"

这一多半的原因是他在进行实验思考，另一原因是他的俄语还未学好，他还只熟悉科技语。

王淦昌如此爱惜时间，走在路上也舍不得放过一分一秒。人称他走的路为——时间走廊。

在时间的走廊上，王淦昌下定了决心，他没有选择更为先进的氢气泡室，而是提出抓紧建立一台长度为 55 厘米、容积为 24 升的丙烷气泡室作为主探测器。因为，如果选用氢气泡室的方案，则在探测器的研制上将会花费很多时间，势必损失掉杜布纳联合所这台加速器仅有的几年能量优势。丙烷气泡室制造起来技术难度较小，建造周期比较短，而且杜布纳联合所本来就有研制小型丙烷气泡室的经验。

王淦昌想得明白：要想利用杜布纳联合所 10GeV 质子同步稳相加速器的暂时优势，争取时间，那就必须尽快把气泡室建成，才能充分利用杜布纳联合所的高能加速器，赶在人家前头，做出有突破性的成果来。

这正是王淦昌创造性思维的体现！在科学发展的"竞赛"中，时间是最重要的，否则难争第一。试想，如果那时王淦昌在技术路线上追求"先进"与"热门"，选用大型氢气气泡室，则必将是一场耗资、耗时的长期"奋斗"。选择，也是对天才的考验。

另外一件令王淦昌也花费了很多时间反复琢磨的问题，是选用什么反应系统来研究新奇粒子及基本粒子的特性。1957 年夏天，王淦昌以一个优秀物理学家的卓识，提出利用高能 π^- 介子引起核反应来进行研究。他们选用 π^- 介子做"炮弹"，让它与气泡室工作液体中的氢和碳相互作用，然后将实验过程拍摄下来。

从寻找反超子角度讲，这条技术路线有不利的一面，会因实验中其他反应的背景干扰大（本底大）而增加实验难度，但王淦昌却充分发挥了杜布纳联合所高能加速器的特点，只要物理思想正确、分析细致，应该是可以较快取得成果的。而且，由于原来的反应系统中并无反重子，那么这个粒子就是真正"产生"出来的。这种技术路线，也为研究其他奇异粒子及基本粒子产生的系统性质，提供了更广泛的机会。

王淦昌的许多具有创造性的研究成果就是在这种突破"常规"的科学思维中实现的。从王淦昌的身上，我们可以看到他这样一个清晰的物理思想：从事科学研究，要综合考虑技术手段的先进性、成熟性和取得成果的快速性。先进性要建立在成熟性的基础上，先进性是相对的，要以较快取得物理成果为目的。从中，我们可以领略到王淦昌丰富的物理思想和卓越的科学胆略。

本着在工作中学习，在学习中收获的精神，王淦昌提出来先做一个直径 10 厘米的小丙烷气泡室，练练兵，摸索一些经验，然后再进行正规设计。就这样，计划中的 24 升丙烷气泡室于 1958 年春天制成了。在这个基础上，王淦昌领导大家用小气泡室做了一个实验，这是为寻找超子的反粒子进行的一次演习，使年轻人能在实验中接触科研课题的全过程，从而增强完成下阶段任务的信心。

　　1958 年 9 月，各项准备工作已经完成，杜布纳联合所的 10GeV 质子同步稳相加速器经过半年的调试，也进入了正常的工作状态，实验正式开始。

◎为反粒子家族添丁

　　1958 年秋，王淦昌研究组开始了第一批数据的采集；1959 年春又开始新一轮的数据采集。到 1960 年春天，王淦昌他们一共得到近十一万对照片，包括几十万个 π^- 介子核反应事例。下一步工作是"扫描"，就是从这几十万个反应事例中，把产生反超子的反应找出来。

王淦昌（左一）在苏联工作时的情形

　　王淦昌根据各种超子的特性，提出了在扫描时选择可能的反超子事例的"标准",还画出反兰姆达超子、反西格马负超子存在的可能的图像,要求每位组员都要把画像记在脑子里,扫描时格外注意与图像吻合的事例。

扫描气泡室的立体照片是一项很辛苦与繁杂的工作。通常是将一对照片放在扫描仪上,用简单的立体看片器,看出照片上的立体图像,然后判断眼前的这个弱作用事例是否符合要找的可能的反超子事例。十万多张照片,需要一张一张地扫描,工作量很大,而且很枯燥。可是如果发现了一个可能的反超子事例,大家的眼睛都会一下子亮起来,高兴得不得了,一切疲劳都被抛到九霄云外。

王淦昌那时已年过半百,又是近视眼,戴了眼镜用立体扫描仪工作,因焦距不对很不方便,摘了眼镜则又很伤视力。但他仍每天坚持扫描大量的照片,并告诫青年人要认真注意扫描中发现的现象,避免漏记和出差错。因为如果出差错,将给下一步的分析工作增加麻烦,影响工作进度。王淦昌经常提醒大家,一定要认真区别真相与假象。一位民主德国的大学生在王淦昌小组实习,初期就经常把高能正负电子对当作 V^0 粒子记录下来,王淦昌就教导他如何运用已知的物理知识来区分这两者。为了避免差错,每一对照片都经过几个人各自独立的扫描,确保准确无误。

正因为王淦昌的言传身教,研究组内的年轻同志在积累气泡室照片的同时,另一方面又都能抓紧时间扫描照片,并相互认真校验,以便减少"漏计数"。组内的科技人员,每天扫描十几个小时,即使头一天晚上在实验室参加了加速器运行值班,大家第二天也能认真地投入扫描工作,并长期乐此不疲,使得研究工作能以较快的进度开展。

中科院代表团参观杜布纳联合所时，王淦昌向
团长竺可桢（前排左二）介绍工作情况

1959 年秋后的一天，王淦昌领导的小组，在用丙烷气泡室拍摄的四万多张底片中，发现了一张反西格马负超子事例的照片。那天，全组都在紧张地看片子，一位实验员拿来一张底片，说是很像王淦昌反复提醒大家注意的那种事例。王淦昌拿过片子一看，真是兴奋极了，这是一个反西格马负超子产生和衰变的事例。他立即让在场的人来看这张片子，大家都兴奋起来，几个人立即进行反复扫描、测量、分析，最后确定，其全部图像与预期完全一致，是一个十分完整的反超粒子的从产生到湮灭的全部生命史。王淦昌迭声道："很好很好，太好了！"

这是人类通过实验发现的第一个荷电反超子。它不仅丰富了人们对反粒子的认识，填补了粒子、反粒子表上的一项空白，而且使理论上关于任何粒子都有其反粒子的推测得到了进一步验证。王淦昌也终于结束了用自己智慧为他人作嫁衣裳的心酸历史，开始亲手轰击微观世界的奥秘之门了。

1959 年 9 月，在苏联基辅召开的国际高能物理会议上，王淦昌在分组讨论会上报告了可能存在的反西格马负超子事例。1960 年 3 月 24 日，王淦昌他们正式把发现反西格马负超子的论文送给国内的《物理学报》，分析该事例的科学论文全文译出在中国《物理学报》上发表。苏联《实验与理论物理》期干也发表了这项研究成果。我国的《人民日报》和苏联的《真理报》都为此分别发表了消息。

王淦昌研究组在杜布纳联合所发现反西格马负超子的研究成果公开发表后，引起了科学界的轰动。苏联《自然》杂志指出："实验上发现反西格马负超子是在微观世界的图像上消灭了一个空白点"。

世界各国的报纸纷纷刊登了关于这个发现的详细报道，当时，科学家们普遍认为"其科学上的意义仅次于正电子和反质子的发现"。诺贝尔物理学奖获得者杨振宁 1972 年访华时对周恩来总理说："杜布纳联合所这台加速器上所做的唯一值得称道的工作，就是王淦昌先生及其小组对反西格马负超子的发现。"

1962 年 3 月，欧洲原子核研究中心的 30GeV 加速器上发现了反克赛负超子。原子核研究中心的领导人韦斯科夫说："这一发现证明欧洲的物理学家在这一领域内，已经与美国、苏联并驾齐驱了。"这自然是指美国物理学家在 1956 年发现反质子和王淦昌研究组在苏联发现反西格马负超子。显然，西方的这个产儿，晚生于那位东方秋姑娘。

1963年9月中国科学院院部领导和原子能研究所学术委员会议人员合影

王淦昌研究组发现反西格马负超子的消息，也带给国人很大的鼓舞。杜祥琬后来回忆说，他第一次知道王淦昌这个名字时，还只是一个在莫斯科学习的学生，他从新闻纪录片上看到苏联学者十分尊敬地向王淦昌请教问题。这个镜头在他心中留下了终身难忘的印象。回国后，每次听王淦昌说起"中国人不比外国人差"时，杜祥琬总会想起这个镜头。

是的，中国科学工作者就应当有这样的自信和自尊，应当对人类科学的发展作出一流的贡献！要知道在当时，王淦昌他们所有的扫描、测量和计算等设备都是最简陋的。寻找 π^- 的相互作用事例使用的是简单的立体看片器，测量仪对底片上相应径迹的坐标点是利用万能工具显微镜。他们没有电子计算机，所有的数据都只能用手摇计算机或电动计算机来计算。从如今的技术水平看，效率实在太低了。然而，正是在这样简陋的条件下，王淦昌研究组却取得了与美国利用先进设备，如大型氢气泡室、自动扫描测量仪、电子计算机等技术找到的反兰姆达超子同样重要的结果。

王淦昌在杜布纳联合所作学术报告

反西格马负超子这一发现，成为了杜布纳联合所自成立来取得的最重大成果，至今也是杜布纳联合所历史上几个最重要的发现之一，同时也是10GeV质子同步稳相加速器开发历史上最重要的成果。这项重要成果把人类对物质微观世界的认识又向前推进一大步，在国际上产生了深远影响。

1982年，王淦昌领导的"反西格马负超子的发现"这项成果，与陈景润的"哥德巴赫猜想"等重大科研成果一起，获得我国国家自然科学一等奖。这也是当时我国物理学家所获得的最高自然科学奖。

1997年王淦昌在家中会见杨振宁教授

科普链接:

【气泡室】气泡室是美国物理学家格拉泽发明的。据说1951年的一天晚上,格拉泽在喝啤酒的时候,看着啤酒中产生的泡泡出了神。他突然想到,或许这啤酒中产生的泡泡和云雾室形成的雾滴有什么关联。如果把云雾室的情况颠倒过来,不是让过冷的蒸汽在带电粒子周围凝聚起来,在大量气体中形成小水珠或液滴,而是让过热的液体在带电粒子周围汽化,在大量液体中形成气泡,情况会怎样呢?经过反复试验,他终于看到了带电粒子穿过液体时留下的熟悉的泡泡的痕迹。1952年他建成了第一个气泡室。

 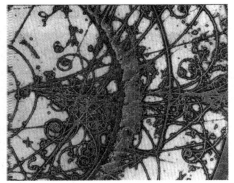

气泡室　　　　　　　　　粒子在气泡室中的径迹

开始时气泡室很小，直径只有几英寸，使用的液体是乙醚。后来气泡室越做越大，液体也改用液态氢或丙烷。使用液体的最大好处，是带电粒子在飞行途中可以撞到更多的原子；而且气泡室使用的液体本身就是进行高能核作用的靶物质（被带电粒子打击的物质）。气泡室比云雾室灵敏，在高能物理研究所中起了重要作用。1960 年，格拉泽因为这项发明获得诺贝尔物理学奖。

◎联合所里的"联合组"

王淦昌领导的研究组，起初只有两位苏联青年科研人员和一位技术员。但是他考虑到寻找新粒子的工作量很大，同时也希望通过实验培养我国的核科学人才，于是便建议从国内调来了丁大钊、王祝翔两位年轻同志一起来杜布纳联合所工作。

由于杜布纳联合所的科学家们都认为，王淦昌研究组是杜布纳联合所里最有希望出大成果的研究组，从所领导到研究室领导，都对王淦昌研究组的工作十分重视，在工作上给予了很多方便。

维克斯勒院士经常提醒"联合组"的科学家们："要听王淦昌的声音!"这位院士一再强调："会议上一定要有中国的声音。"从1958年夏天开始,王淦昌研究组不断壮大。因为组内有大量的实验资料需要分析、研究,需要人手,因此接纳了许多不同国籍的青年科技工作者到研究组来工作。发展到1960年时,研究组内已经有来自中国、苏联、捷克斯洛伐克、波兰、越南、朝鲜、罗马尼亚和民主德国的二十多位科技工作者,成为一个庞大的国际性研究集体,是杜布纳联合所里名副其实的"联合组"。

团结协作是王淦昌在科研实践中一贯实行的准则。在杜布纳联合所,王淦昌团结一切有志于科技工作的同事,吸收并培养了不同国籍的许多青年科技工作者,表现出了崇高的爱国主义和国际主义精神。不论长期的工作或是短期的实习,王淦昌都一样分配任务,使他们的才智和积极性得到发挥,形成了一个团结、融洽、工作紧张的国际研究集体。这种精神在后来高能物理的研究中成为一种传统。

那时,在王淦昌研究组内工作的各国科技人员,以及在杜布纳联合所工作的中国同志,大多是20～30岁的青年人,他们朝气蓬勃、工作热情、积极努力。王淦昌根据他们不同的特点,在工作安排中使他们发挥各自的特长,同时经常组织各类学术活动,启发他们科学思想的发展。其中一个重要环节是结合研究工作进展开展交流讨论。王淦昌亲自主持气泡室照片扫描中所发现的"新现象候选图像"的讨论会,经常对一些有意义的事例进行探讨,不仅开阔了青年科技工作者的视野,同时也有利于有意义事例的选取。在探讨中,王淦昌还经常请其他研究组的苏联中、青年科学家一起来研究，得到了启发。同时，王淦昌宽阔的胸襟、活跃的思想也赢得了杜布纳联合所内许多外籍科学家的尊敬。

在气泡室照片扫描的过程中，还有一个小插曲。1959 年初，研究组有人在扫描的时候发现了一个寿命比较长的粒子，它在飞行中有衰变为一个 π 介子和一个 K^0 介子迹象。经过推算，很难确定这是一种质量大、寿命长的新粒子。但是这是在加速器上得到的第一个新粒子候选事例，苏联同事非常兴奋，把它命名为"第一粒子"，并决定在基辅国际高能物理会议上发表消息。但王淦昌觉得证据还不够充分，需要作进一步的分析，有可能是新粒子，也有可能是另外一种介子的反应。在苏联同事的一再要求下，考虑到中苏友谊，王淦昌想了一个折中的办法，即不把文章提交大会，而是在大会上作补充报告，两种可能性都讲。

其实，王淦昌虽然同意在会上报告，但总放心不下，他对照片仔细扫描过，发现在"第一粒子"旁边有几粒气泡。王淦昌建议杜布纳联合所的中国学者进行内部讨论，当时周光召就认为这可能是 K^+ 电荷交换的现象。王淦昌参加会议的时候，还安排王祝翔对旁边的气泡进行分析，他做了各种计算，最后他确定那不是什么新粒子，而是 K^+ 电荷交换。

事后王淦昌说："科学研究是硬碰硬的事，如果当时我报告发现了'第一粒子'，那不就落下一个撒谎、吹牛的坏名声，太可怕了！"王淦昌说，科学研究是严肃的事情，要有充分的证据，来不得半点马虎，也不能急于求成。

为了使中国学者能在杜布纳"硬碰硬"地做研究工作，王淦昌组织了一个业余讨论班，晚上借当地小学的教室，在本国学者内部开展互教互学活动，每周由理论工作者向实验工作者讲课。这对实验工作者较快地了解基本粒子物理有很大的帮助，同时对理论工作者也是很大的促进。当时同在杜布纳联合所的周光召曾说："这是考验我对问题了解程度的一种方法，如果我讲后你们能懂，那说明我自己对该问题的了解是较透彻了。"这类活动使年轻的科学工作者得益匪浅。

王淦昌是业余讨论班的主持人，每堂课讲授什么课题、讨论哪个问题，王淦昌都事先与有关学者拟定，他每课必到，而且早到。有一次，秋雨蒙蒙，小路泥泞，大家以为王淦昌在患感冒，也许会在家休养，不想，他已在教室里坐着看书，等候大家多时。小学里罩着雾，细雨悄无声息地下，王淦昌坐在课椅上，认真听课，做笔记，思考着，听不明白时，像小学生一样举手向主讲者请教。他认为，好的实验工作者，一定要懂得理论。其实，王淦昌自己对理论物理也很精通。

王淦昌在工作中了解到年轻人有一些值得研究的有价值的设想时，积极支持，并创造条件使之有所发展。格拉泽在发明气泡室时曾套用云雾室的工作原理，认为带电粒子所产生的正、负离子形成气泡生长的核心。这种解释是有缺陷的，丁大钊曾大胆地向王淦昌提出，可否设想，是带电粒子所产生的 δ 电子在过热液体中形成的局部加热汽化，成为气泡生长的中心的过程？王淦昌为丁大钊找到了一些参考文献，让他学习热力学知识，希望他能把这种想法进一步数量化；同时支持丁大钊从测量粒子径迹的游离度——气泡密度方面考察究竟是 δ 电子机制，还是正、负离子的电离机制。

在 1958 年王淦昌研究组取得第一批实验资料后，王淦昌和丁大钊与一位捷克同事讨论了一种确定相对径迹密度的方法，并做了初步工作。这种测量方法，在 $\bar{\Sigma}^-$ 西格马负超子事例分析中起了作用。1962 年，王淦昌和丁大钊都已回国，并在别的研究领域内工作，有一次，王淦昌在国外《核仪器与方法》杂志上看到了一篇以 δ 电子局部加热观点分析气泡室工作原理的论文，还特意派人给丁大钊送去，要丁大钊学习并节译在《原子能参考资料》上发表。

研究组的一位苏联同事曾研制过小型丙烷气泡室，并与王淦昌一起主持了 24 升丙烷气泡室的研制工作。1960 年，他提出要发展一台长 2 米的巨型丙烷气泡室。从任何角度讲，这都是一个具有挑战性的任务，不过对于下一步开展高能核作用及基本粒子研究却是有价值的倡议。那时，王淦昌不仅负责研究组的工作，还担任杜布纳联合所副所长，他积极支持这一倡议，为 2 米大气泡室的研制打开了局面。

这一大型设备的建成，不仅帮助这位苏联同事直接取得博士学位，并且成为杜布纳联合所与苏联谢尔布霍夫 76GeV 高能加速器中心科技合作的主要设备。这个 2 米的大气泡室建成后，其实验资料分发给各社会主义国家研究中心参加的小组，其成果发表时，王淦昌署名为"合作"。受王淦昌帮助的这位苏联博士在几十年后向人说起王淦昌时，深情地说："我的恩师。"

王淦昌回国后，有一次中国同位素与辐射行业协会理事长赵文彦问他，反西格马负超子的发现是怎么取得的，王淦昌回答："这工作是研究组大家做的，有八个国家参加。"

1960年王淦昌（前排右四）在杜布纳联合所与他领导的研究组
各国科研人员合影（前排：右五为王祝翔、右一丁大钊、右三陈玲燕）

在王淦昌自己撰写的《无尽的追问》一书中，他也强调："发现反西格马负超子的，不是我一个人，是很多人，我是其中之一。这项工作是在苏联杜布纳联合所做的。"

正是王淦昌这种博大的胸怀、活跃的科学思想、严谨的科研作风和具有远见的科学判断力，赢得了杜布纳联合所各国科技工作者的尊敬。

凡是和王淦昌在杜布纳共事的外国学者，都不会忘记那几年时光。20世纪70年代中期，我国有些基本粒子物理学家赴国外参加国际会议，遇到杜布纳联合所的苏联同事时，他们还殷切问候王淦昌，并自我介绍是王淦昌的学生。

1989年，王淦昌应邀访问杜布纳联合所，年届70岁的索洛维也夫仍然称王淦昌为老师，说王淦昌是他学科学、进行科学研究的导师。恭请恩师坐上正厅首位，汇报说，当年那个组如今已发展为二十多个研究小组了，但始终坚持联合合作的科研传统。二十多年来，组织培养了近八十位副博士、十七位博士（苏联博士学位要求比其他国家要高许多）。白发

王淦昌（左）与学生
丁大钊（右）在苏联

敬皓首，索洛维也夫的尊师之情，浓于春意，烈于秋色，溢于言表。

其他国家的学者，也不忘曾在杜布纳受到过王淦昌的照顾，他们每年都适时寄来圣诞贺卡，以美好的祝贺遥寄他们对恩师的感念与敬意，落款皆是：永远敬爱您的学生……

当年，派往杜布纳的外国工作人员都有期限，但联合所领导布洛欣采夫和维克斯勒都诚挚地希望王淦昌能长期留下。尽管王淦昌的夫人吴月琴早已来到杜布纳，为他营造生活的温馨，两位院士还是派了一位画家为王淦昌画像（这幅画像至今仍保存在原子能院），又安排一位家庭教师帮助他提高俄语水平，深怀长期挽留他于杜布纳之意。

王淦昌画像

赵忠尧（前排左二）、王淦昌（前排左四）在
苏联杜布纳联合所

◎请祖国收下十四万卢布

　　爱因斯坦说过："不管时代的潮流和社会的风尚怎样，人总可以凭着自己高贵的品质，超脱时代和社会，走自己正确的道路。现在，大家都为了电冰箱、汽车、房子而奔波、追逐、竞争。这是我们这个时代的特征了。但是也还有不少人，他们不追求这些物质的东西。"的确，在任何时代，都有一些人营营于一己之私，然而也有不少人，摆脱了这种低级趣味，他们追求理想和真理，并从中得到了内心的自由和安宁。

在苏联杜布纳联合所，左起：方守贤、刘乃泉、王淦昌、
王祝翔、王蕴玉（1958 年）

王淦昌正是我国老一代具有崇高理想的知识分子的典型。1960
年底，国内出现严重自然灾害的消息传到杜布纳，王淦昌坐不住了。

一天，他乘火车专程到莫斯
科中国大使馆求见刘晓大使。见
面后，王淦昌取出存折，说："刘
晓同志，这是我在苏联工作期间
结余的 14 万卢布，请你收下，转
交给祖国人民吧！"

当时，14 万卢布相当于 2 万～

杜布纳联合所赠送的
座钟一台（1961 年）

3 万元人民币，面对这笔巨款，刘

晓大使迟疑了。想当年，王淦昌匆匆从德国留学归来，将家中的

在苏联杜布纳联合所与他领导的研究组各国成员留影（1960 年）
中国成员：前排右一丁大钊　右四王祝翔，右五陈玲燕

白银、首饰捐献出来抗战，打日本鬼子，他自己和家人却随浙江大学内迁贵州湄潭，过着一贫如洗的生活。眼下，刘晓大使也很清楚王淦昌的经济状况并不宽裕。他的夫人是个家庭妇女，王淦昌要独立担负整个家庭的生活，他们也和大家一样，要勒紧裤腰带过日子啊！

"游子在外，给父母捎家用钱，理所应当。现在国家遇到了困难，我难道不应该尽一点儿心意吗？"王淦昌坚持说。

王淦昌的这一行为不仅感动了刘晓大使，也感动了很多在杜布纳工作的中国青年科技工作者。他们在回国时也把积攒下的一些外汇上交给了组织。

　　王淦昌就是这样，有一颗金子般的心，总是处处为国家着想，很少想到自己，很少想到自己的家。当然，王淦昌能够节省下14万卢布并捐给国家，也离不开夫人吴月琴的精打细算和对丈夫行动的大力支持。这个连汉字都不会写的中国妇女，随着丈夫来到杜布纳，在语言不通的异国他乡，她勇敢、认真地学俄语。从1、2、3开始，到必要的对话，居然可以毫不费力地上街购买物品，回来给丈夫做可口的饭菜。

　　尽管吴月琴文化水平不高，但几十年来，她默默地把自己的一生都贡献给了这个家，使王淦昌能够全身心地投入到教学和科研中去，在工作中没有后顾之忧。当一家人团聚在一起时，儿女们常常这样对王淦昌说："爸爸，你不要忘了，你科学上的所有成就，都有妈妈的一份功劳。"王淦昌总是心服口服地回答："知道的，妈妈（王淦昌也不自觉地随着孩子们叫妈妈了）一生辛苦了。"

20 世纪 90 年代王淦昌夫妇在家中

在杜布纳联合所工作的那几年，王淦昌心里无时无刻不关注着国内的经济建设和科学发展。1957年初，参加国内加速器设计的十多位同志被派到苏联去实习，其中负责理论设计的方守贤和肖意轩被安排在莫斯科的列别捷夫物理研究所实习，而与莫斯科方面业务上的直接联系人就是王淦昌。由于杜布纳联合所距离莫斯科有七十多公里，当时的交通还欠发达，短短的七十多公里要坐上两个多小时的汽车。即便如此，每逢王淦昌到中国驻苏联商务处去办事时，就必然会亲自到方守贤他们住的旅馆与他们畅谈，对他们的学习和工作情况仔细询问，深入了解。虽然王淦昌对加速器设计并不熟悉，但他非常谦虚，十分好学，不耻下问，喜欢打破砂锅问到底，每次都要同志们从根上回答他的问题，有时候还在他带的小本子上记上几笔，令人又敬佩又感动。王淦昌提出的问题也总是颇有启发性，令人深思，受益匪浅。

方守贤等人的主要任务是在苏联专家指导下设计一台能量为2.2GeV的电子同步加速器，这是一个既十分先进又比较符合中国国情的方案。但在1958年的"大跃进"形势下，当王淦昌奉命回国汇报时，却遭到一些人的质疑，认为这个方案既保守又落后，要求建造一台能量更高的15GeV的质子同步加速器。王淦昌回到莫斯科向同志们传达这一新任务时，在思想上对这一方案是很有保留的。因为当时西欧及美国正在建造的世界上最大的强聚焦加速器，其能量也只有28GeV，国内的要求显然超过了实际。果然，这一要求令苏联专家感到十分惊讶与为难，勉强同意帮助中国设计一个以他们现有的7GeV的加速器为基础进行修修补补的方案，其能量最多能勉强提高到12GeV。可想而知，这是一个什么样的凑合方案了。

王淦昌坦率地发表了自己的想法，认为这一方案超过了当时的国力，不可能成功。他主张积极向上级反映这一方案的不合理性，争取把方案变回来。王淦昌严肃地说，作为一个科学家，应该始终保持严肃认真的科学态度，以及实事求是的治学作风，坚持真理，正确的观点不能为当时政治上的压力所左右，这才是对祖国事业的忠贞不渝。王淦昌的教诲与言传身教给当时在杜布纳工作的中国科技工作者留下了深刻的印象，对他们一生做事、做人、做学问的准则与方法产生了不可磨灭的影响。

不出所料，随着国内政治形势的变化以及经济上的困难，不但这一方案很快被钱三强否定了，而且连 2.2GeV 的电子同步加速器也被搁浅了。

挫折使人清醒，脱离国力的方案是不可能实现的。当时杜布纳联合所研制成了世界上第一台中能强流螺旋形回旋加速器。在王淦昌领导下的杜布纳物理组通过详细研讨，认为介子物理是当时的前沿课题，并提出建造一台更适合中国国力的能量为450MeV 的中能强流加速器。为此，一个以物理研究所力一副所长为首的加速器设计组被派到杜布纳联合所，在杜布纳联合所专家的帮助下进行初步设计。

王淦昌与朱洪元教授组织在杜布纳联合所的部分中国工作人员，每星期天上午召开讨论会，一起探讨在这台加速器上可能开展的重要课题。在讨论会上提出各种设想，研讨已知的知识。国内同志到杜布纳联合所参加各种会议时，王淦昌都非常热情地询问各种情况，并邀请他们向在杜布纳联合所工作、实习的中国同志介绍国内情况，以鼓舞大家不畏艰险，勇攀科学高峰的斗志。方守贤作为设计组的成员之一，也被派到杜布纳联合所工作。

那时在杜布纳的年轻中国研究人员，每当对科学问题发生争论的时候，便会去王淦昌家里请教。对于提出的问题，王淦昌总是非常认真倾听，用完全平等参与的态度和他们讨论甚至争论，提出自己的意见。在大家眼里，王淦昌是个一点架子都没有的人，与他相处十分自然，可谓良师益友。王淦昌与人讨论问题的时候，总是条理清晰、逻辑严密、深入又非常形象，但又完全以平等的态度对待辩论的对方，即使有时双方的地位和年龄相差悬殊，他也依然平易近人、和蔼可亲，绝无居高临下、咄咄逼人的权威态度。王淦昌像一个强磁场，把年轻人凝聚在他的周围。他深邃的科学洞察力，通过循循善诱的论点，每每使大家得到一语中的、豁然贯通之感，心悦诚服，终生难忘。

生活上，王淦昌对青年人也十分关心。他生怕从中国来的年轻人不习惯国外的生活，尤其是吃不惯西餐，经常会带方守贤他们到富丽堂皇的莫斯科北京饭店，去品尝祖国的美味佳肴。大约每隔一两个月，王淦昌一定会请丁大钊、王祝翔、方守贤等到他的家里去叙叙，夫人吴月琴也必定亲自做丰盛的常州菜招待他们。饭桌上，王淦昌与他们除了进行学术畅谈外，也成为谆谆教导他们做人、做事、做学问的好场所。王淦昌对青年人的关怀备至让大家十分感动，丁大钊曾回忆说，他一直记得在莫斯科深秋的寒风中，王淦昌把帽子戴在他头上的一幕。

在杜布纳联合所的四年多时间，是王淦昌学术研究活动最集中的一个时期。这几年间，除了进行发现反西格马负超子的工作

王淦昌与夫人吴月琴在一起（1993 年）

外，王淦昌还发表了大量的论文，如奇异粒子的产生，高能 $\pi^- p$ 弹性散射的研究等。

从 1960 年起，我国的核工业走上了全面自力更生的道路。王淦昌被调回国参加核武器研制和组织领导工作。1960 年 12 月 22 日，王淦昌离开杜布纳联合所，并于 12 月 24 日回到北京。

王淦昌对俄罗斯、对杜布纳怀有真挚的感情。他把那幅苏联画家为自己画的油画像带回了中国，在中国原子能科学研究院工作期间，他把这幅油画挂在了会客室的墙壁上。1989 年，王淦昌 82 岁的时候，他还重返杜布纳联合所，并作了学术报告，促进中俄科学家的合作。

第三节　王淦昌的科学贡献

◎我愿以身许国

杜布纳联合所传出发现反西格马负超子这条轰动全球的新闻后，全世界的物理学家正拭目以待，期待王淦昌能继续有新发现时，他却突然消失了。

1961年4月3日，王淦昌忽然接到第二机械工业部（简称二机部）部长刘杰约见的通知。王淦昌预感到有重要事情，否则刘杰部长不会这么急着叫他去。

到了刘杰部长的办公室，二机部副部长兼原子能研究所所长钱三强也在那里。刚一坐下来，刘杰部长就开门见山地说："王先生，今天请您来，想让您做一件重要的事情。请您参加领导原子弹的研制工作。"刘杰部长向王淦昌传达了党中央关于研制核武器的决定。王淦昌静静地听着，心里很不平静。党的信任，人民的重托，自己几十年来的追求、期望，都落实到将要接过的这一副沉沉的担子上。王淦昌有很多话要说，但当时他只说了一句话："我愿以身许国！"

这掷地有声的一句话，至今听起来仍是令人心潮澎湃、敬佩万分。后来，王淦昌先生曾经领寻过的中国原子能科学研究院在凝练院所文化时，把"以身许国"作为"四〇一精神"的第一句。

第二天，王淦昌就到二机部九局去报到了。同时到九局报到的还有理论物理学家彭桓武、中国科学院力学研究所副所长郭永怀。他们三人分别担任了物理实验、总体设计和理论计算方面的领导工作。彭德怀、陈毅、彭真等党和国家领导人到实验室来看望他们，外交部长陈毅紧紧握着王淦昌的手，高兴地说："有你们这些科学家撑腰，我这个外交部长也好当了。"

那时候，造原子弹是国家的最高机密，到二机部系统工作的人，都要经过严格的政治审查，每个工作人员都要接受保密教育，不准对外人包括自己的亲属说出二机部是干什么工作的。九局是二机部的核心部门，保密要求尤其高，工作人员必须长期隐姓埋名。王淦昌到九局工作，领导当然也向他提出了这个要求：绝对保密，长期隐姓埋名。王淦昌毫不犹豫地回答："我可以，我做得到。"

二机部老领导久别重逢，前排左起：刘伟、刘杰、宋任穷、王淦昌、姜圣阶

保密部门又说："要断绝一切海外关系。"

王淦昌回答："行，行。"

当时，王淦昌没有别的想法，就是无条件地服从国家和人民的需要，以身许国。从那时候起，他就叫"王京"这个名字了。

就这样，王淦昌这个人从科技界突然销声匿迹了。有些朋友觉得奇怪，怎么看不到王淦昌的消息了？这个人到哪里去了？国内有的知情人则为他惋惜，因为这意味着王淦昌在以后的若干年中，不能在世界学术领域抛头露面，不能交流学术成果，不能获得最前沿的科技信息，不能按照自己的兴趣进行科学探索，如果他能够继续在原来的科研领域工作，甚至有可能叩开诺贝尔奖的大门！但王淦昌深深地明白，中国，不能没有原子弹！在他心里，国家的强盛才是自己真正的追求，而现在，正是自己报效国家的时候。

为了中国能造出原子弹、氢弹来，为了给中国人争这口气，从 1961 年到 1978 年，王淦昌隐姓化名，中断与外界的联系整整 17 年。

◎解开原子弹之谜

原子弹当时谁也没见过，绝大多数人都不知道原子弹究竟是怎么一回事，更不了解到底要做那些工作才能设计出原子弹，并把它制造出来。工作千头万绪，不知从何入手。

王淦昌和其他科研人员一起，根据原子弹的设计原理勾画出研制工作的顶层设计，抓住研制核武器所必须解决的重大科学问题和技术关键，并把表面上看来非常复杂的问题进行分解，列出

中国首次核试验爆心

各个子课题，分出轻重缓急，并提出解决这些问题的可能途径，组织不同学科的研究人员按不同途径去探索研究。王淦昌随时注视并总结大家在探索中取得的结果和遇到的问题，在大家研究成果的基础上较快地找到正确的途径。正因为这样，在选择阶段目标和技术途径上，大家没有走大的弯路，并能在当时极为艰难的条件下，很快地开展各项实验工作。

要使原子弹爆炸，首先要摸清楚原子弹的内爆规律，掌握爆轰实验技术。爆轰实验不能在实验室做，怎么办呢？在河北省怀来县长城脚下一个工程兵部队的靶场内，王淦昌他们就在那里开展爆轰物理实验。在一片开阔的野地里，一个碉堡、几排简易营房、十几顶帐篷，还有古代遗留下来的烽火台的废墟，这就是试验队的工作场地。中国的核武器研制就从这里揭开了第一页。

王淦昌负责全面的实验领导工作，对炸药的研制、炸药成型研究、爆轰物理实验和测试工作等，都要抓。王淦昌是搞实验物理的，对炸药学、爆轰学、爆炸力学不熟悉，就从头学起。自己学了，弄通了，就在工地上给大家讲课，指导试验队员解决问题。

试验基地的气候条件十分恶劣。严冬风雪交加、飞沙走石，有时大风能把军用帐篷都掀起来；盛夏骄阳似火、挥汗如雨，夜里的暴雨能把帐篷给冲垮。一年四季，浑身上下不是沙，就是土，试验队员们一个个成了"土行孙'。当时正是国家经济困难时期，生活很困难，由于营养不良，许多人得了浮肿病，王淦昌也不例外。但他全然不顾，带领几十名试验队员一心扑在实验工作上。

王淦昌常常对身边的年轻人说："搞科学研究的人，特别是从事我们这个事业的科学工作者，不能怕艰苦，不能过多考虑个人生活，饭吃饱了就行，我们甚至可以过原始人的生活。"

当时的实验条件也很差，缺乏研究用的设备与仪器，为争取时间，王淦昌带领大家"因陋就简，土法上马"。他们用搪瓷盆为容器，用木棍当搅棒，浇铸实验所需要的炸药元件；为了诊断内爆过程，王淦昌亲自带领大家一起筹措器材、安装调试、研制成国内第一台脉冲 X 光机。正因为王淦昌一方面严格按科学实验的要求，同时又根据实际情况因陋就简开展工作，才使得掌握原子弹秘密的步伐不断加快。

在一年多的时间里，王淦昌带领大家群策群力，一步一个脚印，从无到有，攻克了一个又一个难关，经过上千次爆轰物理实验，逐步掌握了原子弹内爆的规律和实验技术，测试工作突破了技术难关，闯过了研制原子弹的第一关。由于爆轰实验工作取得的成绩，1982 年，王淦昌等人获得国家自然科学奖一等奖，这也是他第二次获得这项殊荣。聂荣臻元帅曾在《红旗》杂志上撰文说:"搞原子弹,没有核物理学家和技术专家,你开一个军上去也拿不下来。"

1963年春天,为了开展更大型的爆轰试验,从事核试验的工作人员汇聚到青海湖东边的核试验基地。王淦昌回家跟妻子儿女告别,因为基地在当时是保密的,所以王淦昌只告诉家人自己要到西安去工作。

基地的平均海拔3200米以上,属于高寒地区,冬天很冷,风沙很大;气压低,水烧不开,馒头蒸不熟,走路快了要喘气。作为冷试验技术委员会主任,当时的王淦昌已年近花甲,而且患有高血压病,在恶劣的环境里,他日日夜夜同大家一起紧张地工作,对每项技术、每个数据都严加把关。

王淦昌深深地认识到,中国能否依靠自己的力量研制成功战略核武器,是关系到国家前途命运的大事。第一颗原子弹正式爆炸前的一个星期,王淦昌几乎天天提心吊胆地睡不着觉,"想想还有什么问题?一定要做到万无一失,一次成功。"

1964年10月16日,是中国人民永远不能忘记的、值得自豪的日子。下午3点,戈壁滩上一阵巨响,巨大的蘑菇状烟云冉冉升起。我国自己设计制造的第一颗原子弹爆炸成功了。王淦昌随着沸腾的人群从掩体里跑出来,激动地挥动着双臂,流着热泪欢呼:"成功啦!我们成功啦!"

◎戴高乐总统的惊讶

在原子弹爆炸前和原子弹爆炸成功后,毛主席两次提出"原子弹要有,氢弹也要快!"

　　原子弹研制成功以后，根据党中央的指示，王淦昌和其他科学家一起，又马不停蹄地投身于研制氢弹的工作之中。氢弹与原子弹相比，无论是理论上还是制造技术上，都更为复杂，当时国外文献上几乎只字未透露这方面的资料，完全要靠自己摸索，自力更生。

　　为了使试验与理论研究密切结合，以最快的速度研制出中国的氢弹来，王淦昌进行着苦苦的思索："从原理上讲，只有利用装有真实核材料的装置，进行热试验，才能对氢弹原理进行考核性检验。但是，我们的国家还不富裕，还不能像西方国家那样花费大量的人力、物力和财力进行一次又一次热试验。所以，能用不带核反应的冷试验解决问题，都用冷试验来解决。提高热试验的成功率，尽可能地减少热试验次数。"

　　作为核武器研究院主管实验的副院长，王淦昌带领实验部的同志们一起，研究制定了爆轰模拟试验的方案。通过一次接一次的冷试验，很快解决了引爆设计中的技术关键。为了测试、检验氢弹原理的一些数据，理论设计和实验测试两方面的科技人员共同拟定了有关的试验项目。

　　在氢弹研制突破过程中，从核材料部件的研制，到产品设计、爆轰实验、物理测试，王淦昌都要一一过问、把关；研究室、车间、实验现场、实验基地，王淦昌都要到现场帮助大家解决问题。核试验是极其复杂的大科学，哪怕是一个小的环节出了问题都会影响到全局，王淦昌作为核试验的技术总负责人，事必躬亲。

　　1966 年的严冬，西北核基地的试验场，冰天雪地，寒风刺骨，年近花甲的王淦昌冒着零下 30 摄氏度的严寒，不辞劳苦地和

1965 年 5 月 14 日，我国成功地进行了第二次核试验。图为第二次核试验后，周恩来总理和党政军领导同志在人民大会堂接见参加第一、二颗原子弹爆炸成功的有功人员（前排左十为聂荣臻，左十一为贺龙，左十三为邓小平，左十四为王淦昌，左十五为周恩来，左十六为林彪，左三为邓稼先）

参加核试验的科学家和解放军指战员合影（20 世纪 60 年代）

青年科技工作者们一起日日夜夜工作在戈壁滩上。1966 年 12 月 28 日，王淦昌等人成功地进行了氢弹原理塔爆试验，结果证明新的理论方案既先进又简便，切实可行。

试验时，国务院副总理聂荣臻亲自到试验场主持。当蘑菇云腾起的时候，聂荣臻副总理非常激动，紧紧握住王淦昌的手说："王院长，怎么样？"王淦昌也紧紧握着他的手，深深舒了一口气，说："不轻松。"这次试验非常成功，是突破氢弹的一个标志性的里程碑。根据聂荣臻副总理的指示，试验结束后，王淦昌等人从新疆戈壁回到了青海草原，加紧进行我国第一颗氢弹的设计、试验、加工、装配等各项工作。

1967年在新疆核试验场王淦昌（左一）、郭永怀（左三）、邓稼先（右二）

1967年6月17日，在周恩来总理的亲自安排下，聂荣臻副总理亲自到现场指挥。一架高速飞行的飞机，在我国西北大漠上空成功抛出了一颗比原子弹威力更大的氢弹。

中国成功爆炸第一颗氢弹，在全世界引起了巨大反响。十几年之后，法国一位著名核科学家到中国访问时，向中国同行打听

王淦昌（左）与聂荣臻（中）、朱光亚（右）在核试验基地

说："你们的氢弹搞得这么快，赶在我们前边爆炸成功了，到底有什么诀窍？当时戴高乐总统非常震惊，还批评了我们。"

戴高乐总统的疑问不是没有缘由的。从原子弹到氢弹，美国用了七年零四个月，苏联用了四年，英国用了四年零七个月，法国用了八年零六个月，而一向被认为是贫穷落后的中国，只用了两年零八个月。中国不仅是全世界发展速度最快的国家，而且成为继美国、苏联、英国之后，第四个能够制造氢弹的国家，赶在了法国的前面，从此跻身于世界核先进国家的行列。

原子弹和氢弹的研制成功，不仅是我国科学技术上取得的重大成果，更是我国人民政治生活中的一件大事。邓小平说得好："如果60年代以来中国没有原子弹、氢弹，没有发射卫星，中国就不能叫有重要影响的大国，就没有现在这样的国际地位。"

在这之后，王淦昌又在技术上成功全面领导了我国的前三次地下核试验。他带领大家制定了正确的实验方案，哪里有危险他就到哪里去。高原上严重缺氧，当时已年过花甲的王淦昌渐渐地身体就支持不住了。但他放心不下项目，仍每天到科研室、到车间去。实在跑不动了，他就在办公室接上氧气办公，有时候还背着氧气袋到生产第一线去。后来医生强迫他住院，可他在医院才休息了几天，就跑了出来。

放置核装置的几百米深的山洞里，通风差，弥漫着放射性有毒气体——氡气。王淦昌几乎天天和科技人员钻到使人感到口干舌燥的洞里，检查各种测试仪器的安装情况。

1969 年 9 月 23 日，在国庆 20 周年前我国首次地下核试验成功了，参加人员在几十公里外的山巅上，观看了那壮丽的景观，伴随着几分钟的轰鸣声，山峦在剧烈地颤抖着，尘土飞扬，花岗岩变幻着颜色，山上的石头也纷纷滚落下来。

仅仅三次试验，我国就通过了地下核试验的技术关，而这些都和王淦昌的贡献是分不开的。

从 1961 年到 1978 年，整整 17 年，王淦昌参与了我国原子弹、氢弹原理突破，以及核武器研制的试验研究和组织领导，为我国核武器研制做出了巨大贡献，立下了不朽功勋。为了表彰王淦昌先生的突出贡献，1999 年，中共中央国务院、中央军委追授王淦昌"两弹一星"功勋奖章。

岁月流逝，世事沧桑，然而王淦昌及其同伴创造的丰功伟绩，不会泯灭。人们将用金光闪闪的大字，将其镌刻在中华民族自立于世界民族之林的伟大史册上。

◎特殊的 X 光机

在领导进行爆轰实验的初期，王淦昌就反复在思考这样的问题："研制核武器，必须了解包括爆轰压缩在内的物理作用的全过程。但如何知道能量、密度的分布状况呢？"他认为，要解决这些问题，必须有能实现闪光照相的设备，以便看到清晰的物理图像。因此，实现理想的闪光 X 光照相，看到核武器在内爆压缩过程中的物质变化的物理图像，一直是王淦昌梦寐以求的心愿。

为了实现这个目标，王淦昌曾做了不少尝试，想了不少办法。他首先想到用云雾室检验 X 光照相的效果，可一次又一次实验，都不成功。后来，他又想到用火花室来探测 X 光。有一天，王淦昌他们计划研究一个火花开关的过程。到了实验室，王淦昌发现一个人也没有，又走了几个办公室，也没看到人，最后才碰到了刘锡山。王淦昌就问他大家都到哪里去了，刘锡山说："王老师，下班时间早过了，都吃饭去了。走吧，王老师，吃饭去，要不就饿肚皮了。"这时候王淦昌哪里顾得上肚皮，他一边叫刘锡山跟他一起收拾仪器，一边自言自语："吃饭急什么，做科学研究工作的人，就没有上下班之分！也没有星期天，只有星期七！科学工作者必须有牺牲精神。一个人如果没有牺牲精神，怎么能做好科研工作？"刘锡山一边往箱里装仪器，一边默默地听着，并记在了心里。第二天，这些话就在年轻人中传开了，他们工作也变得更加勤奋，白天黑夜连着干。

可惜用火花室探测 X 光的结果还是不理想，闪出的火花太弱了。王淦昌又想到用像增强器。但由于当时条件不够，爆轰实验工作又迫在眉睫，这项工作只好暂时放下了。然而，在王淦昌的脑子里，从来没有把研制大型 X 光机这件事放下。

1962 年，王淦昌与朱光亚主张建造加速器，不仅指导研究设计方案，而且仔细修改"任务书"，制定了"电子直线加速器方案"和"电子感应加速器方案"，分别与原子能研究所和一机部电器科学研究院协作。就在这一年，我国第一台高能闪光 X 光机建成，并于 1963 年投入使用。

1963 年，在制成一套闪光机的基础上，又研制了四套。在国外，四套闪光机要用四个碉堡。经过调研，王淦昌带领科研人员，通过对抗干扰技术的研究，大胆地采用了四套闪光机共用一个碉堡的方案。这种方法，在突破氢弹原理的工作中发挥了重要作用。

1964 年，更大的闪光 X 光机又研制出来。"文化大革命"开始后，又用了三年时间，调试出我国第一台强流电子感应加速器。但是，随着我国核武器研制工作的进展，仍然满足不了闪光照相技术的要求。这期间，X 光机的研究遇到了很多困难，但无论困难有多大，王淦昌都执着如初。他曾说过："目前，内爆压缩情况我们还不能测出来，我一定要想办法把它测出来，测不出来，我死不瞑目！"

1975 年 4 月，王淦昌在苏州主持召开了强流脉冲电子束加速器方案论证会。他在会上提示大家，这项工作的关键是绝缘材料、开关技术、二极管物理，并强调"依靠外国人是不行的，要自力更生，自己干"。

1981 年，6 兆伏强流脉冲电子束加速器建成，并于 1982 年投入运行。张爱萍将军为其题名为"闪光一号"。我国的闪光机进入了世界先进水平的行列，王淦昌非常高兴："我们终于有了自己研制的大型闪光机！"这套设备为我国的核武器事业做出了重要贡献，这项工作获得了国家科学技术进步一等奖。

1984年，王淦昌向核武器研究院提出了新的目标，并在北京主持召开了强流电子直线感应加速器的物理方案论证会，王淦昌要求一定要采用新技术，实现指标上的突破；同时还要快，要不失时机。

于是，在强流脉冲电子束加速器的基础上，强流电子直线感应加速器又成功地研制成功了。张爱萍将军非常高兴，题词"闪光——闪光——再闪光！"后来，在王淦昌的支持和关心下，胡仁宇等人又设计和研制成功了10兆电子伏电子直线感应加速器。这些设备不仅为我国核武器研制工作的改进，而且还在其他高技术领域发挥了重要作用。

◎不能白白浪费掉中子

1978年7月，王淦昌回到了阔别17年之久的原子能研究所（中国原子能科学研究院前身）并担任所长。这时，他已是年过七旬的老人了，但是为了中国核科技事业的发展，这位古稀老人仍然不分昼夜地辛勤操劳。

重回核科学摇篮，王淦昌看到的是一番怎样的景象呢？许多研究室的门上挂锁，闲置的仪器上蜘蛛正在结网。十年"文化大革命"的一场风暴，使得原本人才荟萃、学术活动繁荣的原子能研究所元气大伤。面对着即将迈向科技现代化的新形势，王淦昌清醒地意识到，首要任务就是建立起健全的领导班子和一支朝气蓬勃的科研队伍。重整旧部，迈上新征途！

王淦昌走马上任的第一件事，是主持成立了"文化大革命"后的新一届原子能所学术委员会，他自任主任委员，另有四名副主任委员和八十余名委员。紧接着，由二机部党组任命三十七位副所长。至此，以王淦昌为首的原

1985 年在中国原子能科学研究院

子能研究所的新领导班子正式形成。王淦昌就像是一位眼明心亮的高手，四处捡拾遗落在草丛中、道路旁的珍珠宝石，并将他们擦拭、磨砺，使其重新放射出夺目的光彩。

建设研究所除了人员外，最重要的莫过于设备了。在王淦昌和总工程师马福邦等人的直接领导下，我国第一座反应堆——101研究性重水反应堆（以下简称 101 堆），经过改造获得了极大的成功。

101 堆的改建，是王淦昌仼原子能研究所所长期间所取得的一项重要成就。1978 年 11 月，经二机部批准，原子能研究所 101 堆停堆改建。改造旧堆的工作难度很大，特别是在强放射性现场

竖立在中国原子能科学研究院的王淦昌铜像

施工，保障设备和人员安全的难度更大。王淦昌认真听取并积极支持专家的建议和意见，在工程进展的每个阶段，他都及时向主管所领导和工程负责人了解情况，并对做好防护工作提出要求。

1979 年 12 月 28 日晚，101 堆新内壳吊装入堆就位，七十多岁的王淦昌不顾年迈、严寒，亲赴现场查看。经过一年零七个月的艰苦努力，1980 年 6 月 27 日凌晨 5 时 5 分，改建后的反应堆试运行安全达到临界，101 反应堆改建成功。

改建后的 101 反应堆，技术性能超过老堆设计指标，热中子

中国原子能科学研究院四任院长聚会：钱三强（右二）、
王淦昌（左二）、戴传曾（右一）、孙祖训（左一）

通道及活性区域内可以利用的实验孔道增加了一倍多，而总投资却只有建设一个新反应堆的1/10，这项工程获得国家科学技术进步一等奖和原国防科工委重大成果奖。

反应堆建好后，不仅增强了生产放射性同位素的能力，还增强了开展物理实验、中子活化分析以及在与国民经济有联系的其他领域应用的能力。但是，与国外相比，堆旁的物理实验工作不够活跃，王淦昌在一次学术委员会上特别提出这个问题。

王淦昌认为，反应堆外围的物理实验是一项很重要的工作。只有把外围的实验设施搞上去，才能充分利用反应堆产生的中子。王淦昌主张吸引所外的科研人员来做工作，提出"不能白白浪费掉中子"！他非常重视在反应堆旁开展中子活化分析工作，积极支持成立中子散射应用研究室，支持原子能研究所、中国科学院物理研究所共同与法国原子能总署合作，在101堆旁建造冷中子源，开展凝聚态物理研究工作。经过多年发展，如今的中国原子能科学研究院，已成为我国唯一的中子散射实验研究基地和重要的中子活化分析研究基地。

科普链接：

【反应堆】60多年来，世界上已设计建造了许许多多各种用途的反应堆。按照用途来分，可分为动力堆、生产堆、研究堆、特殊用途堆等；按照冷却剂和慢化剂来分，又可分为轻水堆、重水堆、石墨气冷堆、石墨水冷堆、高温气冷堆、快中子增殖堆（简称快堆）等。现在，世界上所运行的核电站绝大多数是热中子堆。热中子堆利用的只是铀-235，而天然铀中将近99.3%是难裂变的铀-238。

微型中子源反应堆

游泳池式反应堆堆心

中国第一座重水反应堆 101 堆

中国实验快堆

中国先进研究堆（可开展核物理与核化学研究、中子散射实验、
反应堆材料及核燃料考验、中子活化分析、放射性同位素生产及
单晶硅中子掺杂等研发工作）

中国原子能科学研究院等设计建造的阿尔及利亚多用途重水反应堆

快堆则可以利用天然铀中占 99.3％ 的铀-238，使铀资源的利用率提高 60 倍以上。利用快堆可以实现燃料增殖的特性，将快堆和压水堆匹配发展，将可实现核能的大规模、可持续发展。我国第一座快堆于 2010 年在中国原子能科学研究院建成，我国第一座示范快堆也正在设计建造中。

快堆还能够实现放射性废物的最小化。压水堆核电站的核燃料烧过以后具有很强的放射性，储存起来是一种办法，但要大约 30 万年才能衰变到天然铀的水平，必须对其进行处理。快堆除了可以利用压水堆乏燃料中剩余的工业钚和堆后铀，还可以将压水堆乏燃料中长寿命的锕系元素烧掉（嬗变），使其对环境的影响时间缩短到原来的 1/300，废物量也减少 1～2 个数量级。

因此，快堆作为核能发展"压水堆－快堆－聚变堆"三步走路线中的重要一环，在国家能源领域具有非常重要的地位。增殖、嬗变、安全，是快堆的三大特点，发展快堆意义重大。

【中子】原子可以分为原子核和电子，原子核是由质子和中子组成的。1920 年，卢瑟福就曾经设想在原子核内部存在着一种不带电的粒子，并且把它叫做中子。他和学生查德威克进行过许多实验，一直想找到这种粒子，但是都没有获得结果。1930 年博特和贝克用 α 粒子轰击铍的实验，发现了穿透力很强的射线；1931 年约里奥·居里夫妇的实验，发现这种 γ 射线从石蜡中打击出质子。查德威克得到消息，抓住机会，立即用高压电离室、计数器和云雾室三种探测器，也做了这个实验，并且证明了这种穿透力很强的射线，是一种和质子一样重的电中性的粒子流，这种粒子就是中子。1932 年 2 月 17 日，查德威克把论文送给《自然》杂志发表。1932年2月22日约里奥·居里夫妇公布他们用云雾室又一次进行这项实验的结果，成为查德威克的实验的一个证明。查德威克因此获得1935年的诺贝尔物理学奖。

中子的发现，不仅在理论研究上有重大意义，在实验中，中子还是最好的炮弹，它会引起原子核的裂变，实现链式反应。原子反

英国实验物理学家查德威克发现中子

应堆的运转、核武器的爆炸、原子能发电都要靠中子，中子为人类进入原子能时代打开了大门。

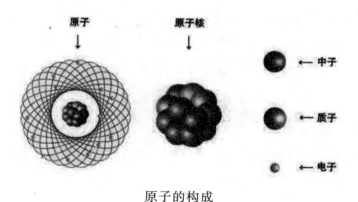

原子的构成

【中子活化分析】用中子轰击待测物质，许多原子核具有"吃中

子"性质，它吃掉一个中子，变成一种新的放射性核素。例如磷-31吸收一个中子变成磷-32，产生的新核素要发生衰变。根据所产生的放射性核素的半衰期、射线能量和强度，进行元素的定性和定量分析，这就是常说的中子活化分析。中子活化分析开创于 1936 年。

中子活化分析不破坏样品，属于非破坏性分析。目前，中子活化分析可测定近八十种元素，分析灵敏度比化学分析、光谱分析高得多，可达到 10^{-15} 克级，一般化学分析只能达到 10^{-6} 克级，中子活化分析还可实现多元素的同时分析。中子活化分析已广泛应用于地球化学、宇宙学、考古学、医学、法医学、材料科学和环境科学等许多领域。2008 年，中国原子能科学研究院就利用微堆中子活化分析技术，为揭开"光绪死因"之谜提供了关键证据。现在，许多疑难刑事侦破，就是利用中子活化分析找到了罪犯；活化分析可用来查出兴奋剂和麻醉剂，还可查出孩子是否缺锌、老年人是否缺钙。

中子活化分析实验室

利用微堆中子活化分析技术为揭开"光绪死因"之谜提供了关键证据

【中子散射】中子不带电、能量低、有磁矩、穿透性强、无破坏性，可分辨轻元素、同位素和近邻元素。以中子为探针的中子散射技术不仅可研究物质的晶体结构，还可给出物质磁结构的信息；不仅可探索物质静态微观结构，还可用于观测物质动力学信息；不仅可完成特殊样品环境下的实时原位实验测量，还可严格验证物理假设并建立新的理论模型。中子散射技术是解决物理学、化学、纳米科学与技术、能源、材料、信息科学与技术、生物科学和技术等学科发展所面临关键问题的主要技术手段。中子散射技术的应用与发展已成为衡量国家综合国力的重要标志。

我国的中子散射技术起步较早，20 世纪 50 年代末，在中国原子能科学研究院就建造出我国第一台中子衍射谱仪——跃进一号中子晶体谱仪。20 世纪 80 年代初，中国原子能科学研究院与法国合作建立了依托 101 堆的热中子散射实验室，在凝聚态物理、磁学和材料科学等方面做出了一批创新工作。

中国先进研究堆中子小角谱仪和反射谱仪

2010 年 5 月，位于中国原子能科学研究院的中国先进研究堆（CARR）达临界。CARR 是池内桶式反中子阱型高通量多用途研究堆，功率 60MW，热中子通量达 8×10^{14} n/（cm·s），是一座多用途、高通量、研究型反应堆。与国际同类反应堆比较，CARR 主要技术指标和性能已达到了国际先进水平，并位居前列。它的建成将为我国中子散射赶上世界先进水平奠定必要的基础。CARR 堆共有九个切向水平孔道，其中七个用于中子散射。目前，CARR 内已成功建成并调试完成三轴谱仪、粉末衍射谱仪、应力谱仪、织构谱仪、四圆谱仪、小角谱仪和反射谱仪等 9 台谱仪，另外还有 7 台新谱仪正在建设中。

◎倡议组建国家实验室

1979 年 4 月，国家科委、国防科委批准在原子能研究所增建一套从美国引进的串列加速器及其辅助工程。这是继 20 世纪 50 年代重水堆和回旋加速器之后，原子能研究所最大的一项工程建设，对改变原子能研究所的科研设备面貌、提高科研工作水平具有重要意义。

王淦昌对如何用好这套设备极为关心，他积极支持多安排一些束流管道，以更好地利用串列加速器开展核物理研究。并建议成立学术委员会审查并选择优秀题目开展研究工作。王淦昌先生还与核物理学家赵忠尧、施士元、徐躬耦、胡济民、黄祖洽等共同提出，串列加速器的特长是核反应基础研究，尤其是精细工作。

王淦昌为了要用先进实验设备来装备研究队伍，亲自出面邀集核物理界专家共同呼吁领导批准这个项目。为尽可能多地利用这台加速器开展研究工作，争取多增设束流管道，他不辞辛苦多次到二机部主管局要求增加科研投入。

1985 年，加速器建成并投入使用，这是我国在当时核物理领域唯一的具有国际水平的核物理实验室。为充分发挥这台加速器在我国核物理研究中的作用，王淦昌向国家科委和国家计委领导，直至向国务院总理写信，建议设立串列加速器核物理国家实验室。他指出，这个实验室虽是核工业部建立的，但就其性质来说应该属于全国性的，应由全国核物理学界来共同使用实验室，这样才有利于充分利用和做出高水平工作。

随着中国原子能科学研究院串列静电加速器、北京正负电子对撞机、兰州重离子加速器、合肥同步辐射加速器等一批大中型实验装置的先后建成，1987年底，王淦昌和钱三强等25位专家联名给国务院总理李鹏写报告，并请转报小平同志，提出《关于充分发挥大型科研装置的作用，组建国家实验室的建议》。

江泽民与钱学森、钱三强、王淦昌等合影

1988年12月，北京串列加速器核物理国家实验室正式成立，王淦昌亲自题词"创新求实"。对串列课题设置，他提出"要有创新精神，在基础研究中要勇于提出新思想，采用新方法，努力做出新的高水平的成果。"

为了给核物理研究营造一个好的环境，在王淦昌的支持下，串列加速器建成之前，召开了一次串列加速器物理国际讨论会，邀请了美国、英国、德国、法国、日本、瑞典等 11 个国家的 35 位科学家出席会议。王淦昌亲自主持了这场在国内核物理界首次举行的、有 150 多人出席的国际会议，为串列加速器上首批设置的课题赢得了国际声誉。

王淦昌还总是从百忙之中，抽出时间主持串列加速器上取得的重要成果的鉴定会，及时肯定串列加速器核物理国家实验室取得的各项成果，鼓励大家充分利用现有条件，开展前沿课题，多出创新成果。

多年来，中国原子能科学研究院的科研人员利用这台加速器在重离子核反应、加速器质谱计分析等多方面做出了优秀成果，并首次发现了新核素钌-90，建成国内第一条放射性次级束流线。

1994 年，王淦昌又积极支持中国原子能科学研究院申请对串列加速器进行"穿靴戴帽"，建设北京核放射性核束装置的建议。2003 年 7 月，串列加速器升级工程正式立项，2015 年竣工验收。它的建成将广泛应用于核物理、中子物理、核结构、材料科学、生命科学等基础科学研究和国防核科技应用基础研究领域、医药同位素生产等应用领域，将大大提升我国强流加速器技术的创新能力。建成后的北京核放射性核束装置，将填补我国中能强流质子回旋加速器、高分辨同位素分离器和超导直线加速器的空白，达到目前国际同类装置的先进水平，使我国成为少数几个拥有新一代放射性核束加速器的国家，成为在我国核科学技术领域开展基础和应用的创新性与先导性研究平台。

科普链接：

【加速器】加速器是利用电和磁的作用，来加速带电粒子的一种机器。带电粒子经过加速电极，就被"给上一脚"，被推向前一下。通过一节节电极加速后，粒子的能量愈来愈高。如果要使粒子沿着圆形轨道运动，就要用磁力让粒子转弯。宇宙线中虽然也有能量很大的粒子，但它们出现的机会太少，而加速器能够直接产生各种能量的粒子。它是研究原子核物理、高能物理不可缺少的装置。不少基本粒子都是在加速器上找到的。

100MeV 质子回旋加速器

HI—13 串列加速器

强流质子回旋加速器

我国首台高能大功率电子辐照加速器装置

医用小型回旋加速器

邮件灭菌加速器装置

加速器小的只有几十厘米长，一个小的集装箱就能装得下，可以用汽车拉着来回跑；大型加速器大的占地好几平方千米，有一个城市那么大，被加速的粒子在里面要跑上几百万千米，相当于绕地球几十圈，是顶尖的高科技产品。七十多年来，加速器迅速发展，不断拓宽应用领域。加速器发展主流有两个：一类发展主流是中、高能加速器，以各种对撞机和同步辐射装置为代表，正向更高能量、更高流强发展，主要为高能物理和科学研究服务。另一类发展主流是低能强流加速器，以辐射加速器和医用加速器为代表。人们用它来探伤、消毒、治疗癌症，用它来辐照电缆、硫化橡胶、生产泡沫塑料、固化涂层、离子掺杂、生产复合材料；用它来生产放射性同位素等。

作为我国国内唯一一家能够产业化生产高能电子加速器的研发机构，中国原子能科学研究院已成功研制、生产了六十多台直线加速器，形成了多个系列，产品性能、指标均达到国内领先水平。其中，$10\mathrm{MeV}/20\mathrm{kW}$高能大功率电子辐照加速器是国内同类装置功率最高的，性能在国际上也名列前茅，辐照效率高，主要用于医疗用品消毒灭菌、食品保鲜和检疫等。

中国原子能科学研究院建有 HI－13 串列加速器和强流质子回旋加速器，也成功开发了加速器辐照邮件灭菌装置。

◎把同位素尽快搞上去

王淦昌不仅重视基础核科学研究工作，也十分关心与国民经济和人民生活直接有关的同位素生产。1981 年初，王淦昌听到一个消息：每年我国要花 100 多万美金从国外购买同位素。在原子能研究所学术委员会扩大会议上，王淦昌讲了这件事，提出能不能经过自己的努力，不进口或者少进口些同位素？他在会上说："我们要努力增加产量，提高质量，扩大新品种的研制，除了满足国内市场的需求外，还要争取外销。"同年 10 月，王淦昌主持召开所务会议，专门讨论研究同位素生产研究部的工作，并确定了同位素生产研究部的方向。这次所务会议是他亲自主持的为数不多的所务会之一，足见王淦昌对同位素生产与科研的高度重视。

身处高位的王淦昌，能清醒地瞩目于国家建设的总方针。1981 年，二机部与国防科工委提出"保军转民"的方针后，王淦昌以战略性的眼光指出，贯彻核工业"保军转民"的方针，要把重点放在核能与核技术的开发应用上。3 月，他在原子能研究所党委常委扩大会议上指出："原子能研究所尤其要把同位素尽快搞上去！要注意在科研工作中，安排为国民经济建设和学科发展服务的应用研究和应用基础研究。"

王淦昌还为原子能研究所的科研方向，提出了精辟的、统领性的意见，即"重应用，固基础；利民生，挖潜力；发扬民主，集思广益；加强团结，为国出力。"他日思夜谋，多方运筹的也便是这一方针的实现。无论在会议上、工作中，王淦昌总是对全所的工作人员强调，核科技事业要为农业、工业和国防现代化服务。每一个同志都要结合自己的专业，认真研究一下，看看为国民经济究竟还能够做些什么工作，要选择那些对国民经济有实用价值的、有经济效益的题目。

王淦昌的这些建议为中国原子能科学研究院 20 世纪 80 年代以后的民品发展指明了方向。如今，经过多年探索，中国原子能科学研究院已形成以同位素与辐射技术为主导的一批高新技术产品和产业，取得了良好的经济效益和社会效益。

王淦昌在由中国原子能科学研究院主办的首届国际同位素大会上
（左二为王淦昌，右二为国际原子能机构副总干事）

科普链接：

【同位素】原子是由原子核和绕核旋转的电子构成的，原子核里有质子和中子。科学家发现，有些原子的化学性质几乎完全相同，而它们的重量却不同，这是怎么回事呢？原来这些原子中的电子和质子数目相同，而中子数目不同，这些原子在元素周期表中占同一位置，科学家将这些原子称为"同位素"。比如铀的几种同位素都有92个电子和质子，有一种同位素有146个中子，质子和中子加起来238个，这种同位素就称铀-238，还有铀-235、铀-234和铀-233。同位素在工业、农业、医学和科研上都有很多用处，并且能推动各门学科加速发展。

锝-99放射性药物生产线

迄今已发现，元素周期表中100多种元素有2800多种同位素，其中稳定同位素有271种。例如，卫星导航系统的铷原子钟（简称"铷钟"）的精度取决于它的核心工作物质——^{87}Rb（铷-

87)，铷-87 就是通过分离铷这种元素的同位素得来的。中国原子能科学研究院是我国唯一具有大型稳定同位素电磁分离器生产能力的科研单位，从 20 世纪 50 年代末，就开始从事大型同位素电磁分离器的研究、制造工作和同位素分析提纯工作。

稳定同位素之外的 2500 多种放射性同位素中，只有 60 多种是天然存在的，其他都是由加速器或反应堆生产的。很多放射性同位素的半衰期很短，没有实用价值，有实用价值的放射性同位素有二三百种。放射性同位素应用涉及工业、农业、国防、科研、文教、医疗卫生、环境保护、资源勘探和公众安全等许多领域，有着广阔的用途和巨大的市场，创造着巨大的经济效益、社会效益和环境效益，还在不断地拓宽和发展。

同位素电池研制

同位素电磁分离器

比如放射性示踪剂，已成为医生诊断治疗疾病的重要手段。少量示踪剂进入人体，没有坏作用，能帮助医生掌握病情，找到病因，甚至还能帮助治病。再如，碘选择地积聚在人的甲状腺中。把放射性碘-131经口服或针剂引入人体，根据碘-131在甲状腺中发出的信号，就可描绘出甲状腺轮廓，诊断甲状腺是否有异常。碘-131发出的射线还可治疗甲状腺机能亢进。锝-99m放射性药物制备简单，可药盒化，质量可靠，已制成很多种药物，可作为心、脑、肝、肺、肾、肠和骨的肿瘤疾病或炎症的诊断显像。

放射性同位素原子核衰变不断发出射线，射线与物质相互作用，可以将动能转换成热能、电能或光能。放射性同位素电池受航天事业的推动，取得了较大发展。放射性同位素电池不需阳光照射，不受电磁干扰，可以在失重、强风暴、极低温等恶劣环境下工作，使用寿命长，因此可用作人造卫星、太空探测器的辅助电源。

◎我国惯性约束聚变的创始人

1992 年 5 月 31 日，中国当代物理学家联谊会在钓鱼台国宾馆举行，李政道问王淦昌："王老师，在您所从事的众多项研究工作中，您认为哪一项是您最为满意的？"王淦昌的回答令人意外，他最满意的研究既不是发现反西格马负超子，也不是探测中微子的建议，而是 1964 年提出的激光引发氘核出中子的想法。因为这一想法在当时是一个全新的概念，而且这种想法后来还引出了惯性约束核聚变的重要科研题目。惯性约束核聚变一旦实现，人类将彻底解决能源问题。

1964 年，王淦昌在对激光的一些知识进行了学习后，心想：如果把激光与核物理两者结合起来，应该可以发现有趣的现象。当时原子弹已经爆炸成功，下一步研制氢弹，王淦昌就结合氢弹的研制，对这个问题进行了深入的思考。他把这个设想写成《利用大能量大功率的光激射器（即激光）产生中子的建议》。可以说，这就是用激光打靶实现惯性约束核聚变最初的设想。王淦昌的论文没有在刊物上发表，而是送给了国务院领导。差不多同时，苏联物理学家巴索夫也提出了类似的设想。因此，激光惯性约束核聚变的方法，是王淦昌和巴索夫分别独立地提出来的，在世界上是开创性的。王淦昌以一个战略家的高瞻远瞩和宏伟气魄，敢于开拓这个人类有史以来最艰巨的系统工程之一。

得益于王淦昌的设想，我国对于激光惯性约束聚变的预研，起步是比较早的，并走到了世界前列，当时的英国、法国、德国、日本都还没有动手呢！遗憾的是，"文化大革命"使这项具有重大意义的科学研究被耽误了，而在这几年中，国外的相关研究工作远远地超过了中国。

1978年9月，王淦昌回到原子能研究所刚刚两个月，就提出在原子能研究所开展核聚变研究的建议，并具体指出电子束惯性约束核聚变的研究方向。王淦昌亲自在全所做学术报告，与自愿报名的同志一个一个地面谈，在他的组织下，由18位自愿报名的参加者（人称"18条枪"）组成了粒子束惯性约束聚变研究组。王淦昌邀请王乃彦担任组长，全组科研人员首先投入到强流脉冲电子加速器的设计工作中，王淦昌先生亲自领导并参与了物理设计的全过程。

1981年，研究组建成一台1兆伏强流电子加速器，1982年开始打靶实验。通过一系列物理实验，基本摸清了强流相对论电子束与靶物质相互作用的物理图像。王淦昌指导安排了好几个实验，从不同的角度否定了当时日本科学家提出的强流电子束和靶相互作用中的反常吸收现象，使当时轰动一时的问题得到澄清，那时世界上只有中国和美国的实验做得最出色。若干年后，苏联库尔恰托夫研究所粒子束聚变实验室主任斯米尔诺夫教授到中国原子能科学研究院访问时，感慨地说："论设备和条件，我们比你们好，你们的实验安排得很巧，物理思想好，才得到这么好的结果！"

王淦昌领导设计的这台1兆伏强流电子加速器，不仅在当时是国内首创，而且在国际同类加速器中也处于先进水平。这台加速器为电子束惯性约束聚变，以及后来的电子泵浦氟化氪激光惯性约束聚变研究提供了有力工具。

王淦昌在原子能研究所作关于惯性约束核聚变的学术报告

1984 年 7 月，王淦昌在日本原子工业讨论会第一七届年会上作报告

1985 年，王淦昌又及时把研究方向转向氟化氪激光聚变研究，把原有的强流电子加速器改建成泵浦准分子激光的氟化氪激光器。当时国内只有放电型的氟化氪激光，输出的激光能量只有几十毫焦耳，而电子束泵浦的氟化氪激光技术则完全是空白。要知道王淦昌下这样的决心是很不容易的，那时他已经 80 岁了，很清楚转变方向是要付出代价的。经过周密的思考，王淦昌认为用氟化氪激光作为惯性约束聚变的驱动器，原理上有很大的优越性，相对来说，花费较少。

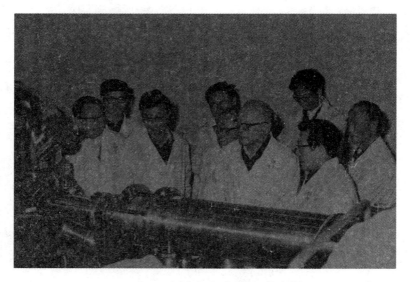

1985 年王淦昌在九院检查激光器

"天光"是王淦昌对中国原子能科学研究院强流粒子束与激光研究室的准分子激光装置的命名，也倾注了他晚年的很多精力。他亲自参加研究方案的制定，并亲自带领研究生对关键技术开展预研，几乎一切从零开始，但却取得了快速的进展。氟化氪激光的输出能量先是从 6 焦耳到 19 焦耳、30 焦耳；到 1990 年底，氟化氪激光输出能量已达到 106 焦耳，我国也由此成为继美国、英国、日本、苏联之后，具有百焦耳级氟化氪准分子激光器的国家。1996 年 1 月，激光输出能量达到了 276 焦耳，到后来又达到 400 多焦耳，使我国准分子激光研究步入了国际先进行列。中国原子能科学研究院也在大面积非箍缩型电子束泵浦技术、大口径氟化氪准分子激光振荡器、强流电子束物理、高功率脉冲技术，以及纳秒级强流电子束和激光束的诊断测量方面奠定了很好的基础，成为我国氟化氪准分子激光技术，以及氟化氪激光惯性约束聚变研究的一个重要基地。

1988 年 12 月，为了把我国激光惯性约束聚变研究向前推进，王淦昌和王大珩、于敏联合向邓小平、李鹏写信，建议国家高度重视激光惯性约束聚变研究，把它列为国家"863"计划中的一个专题。他们的建议得到了中央领导的高度重视。李鹏总理在听取了他们的汇报后，对发展我国激光惯性约束聚变工作作了重要指示。1993 年年初，惯性约束聚变终于作为一个独立主题列入国家"863"计划，呈现良好的发展势头和喜人前景。

惯性约束聚变，一旦实现，将使人类彻底解决能源问题。作为我国惯性约束聚变的创始人，王淦昌把这一造福人类子孙万代的科学研究，当作自己晚年的主要奋斗目标。即使在生命最后的日子里，王淦昌还一直在挂念着由他创始的激光惯性约束核聚变研究工作的进展。王淦昌因胃癌住院时，每当强流粒子束与激光研究室的同志们去看望他，王淦昌总是要他们给他汇报工作，有时护士还怕王淦昌累着前来劝说干涉，王淦昌就解释："听他们谈

1988 年，时任上海市委书记时的江泽民到激光惯性约束核聚变联合
实验室视察（前排左二江泽民、左五吴邦国、左三王淦昌、左四王大珩）

工作，我非常高兴，比吃药作用还大。"后来王淦昌的身体非常虚
弱，已经不能说话了，但听说是强流粒子束与激光研究室的同事
去看他的时候，他睁开了眼睛，还挣扎着想坐起来，当听到室里
的同志告诉他："我们的物理实验准备已完成，即将开始做实验
了。"王淦昌把手伸出了被子，并在胸前冲着他们双手合拢，表示
赞成，表示肯定，也表示以后拜托你们了……

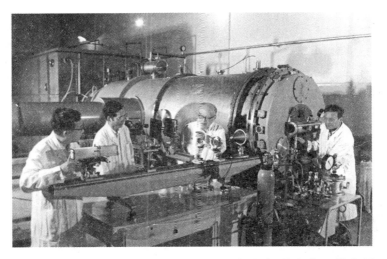

1989 年，王淦昌在中国原子能科学研究院氟化氪激光装置前指导工作

1990 年王淦昌及王乃彦等在实验工厂参观指导百焦耳级
电子束泵浦 FrK 准分子激光加速器的设备制造情况

1990 年，王淦昌在中国科学院数学物理学部学术讨论会上
作 KrF 激光在我国的进展情况报告

1993 年国家"863"计划惯性约束聚变主题专家组
成员合影（前排左四为王淦昌）

1997 年，王淦昌在香港作"惯性约束核聚变"演讲

1997 年王淦昌和强流粒子束与激光研究室工作人员合影

王淦昌和强流粒子束与激光研究室工作人员合影

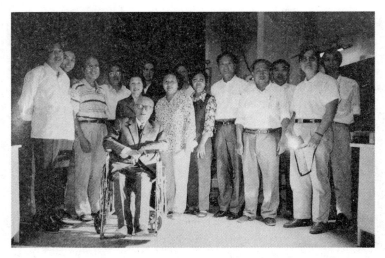

1998 年 5 月 28 日王淦昌在家人陪同下最后一次赴中国原子能
科学研究院听取工作汇报

王淦昌在用于惯性约束核聚变的氟化氪激光装置前讨论实验工作

王淦昌与诺贝尔物理学奖获得者李政道教授亲切交谈

科普链接：

【激光】激光是 20 世纪 60 年代出现的重大科技成就之一。1951 年，美国物理学家汤斯和苏联物理学家巴索夫、普罗霍洛夫在爱因斯坦的受激辐射理论基础上，分别独立地提出了"微波受激辐射放大"的概念。汤斯和他的学生在 1953 年 12 月研制出了微波量子放大器。1958 年，汤斯和肖洛以及普罗霍洛夫分别提出了在一定条件下，量子放大器的原理也适用于像可见光这样短波长的电磁波。

1960 年，美国物理学家梅曼决定现场实现汤斯的预言。5 月，他研制成一个红宝石的圆柱体。该圆柱体发射出一束闪光，这就是第一个"莱塞"装置，"莱塞"也叫"激光"。汤斯、普罗霍洛夫和巴索夫，由于在激光发现过程中做出的贡献，共同获得 1964 年诺贝尔物理学奖。

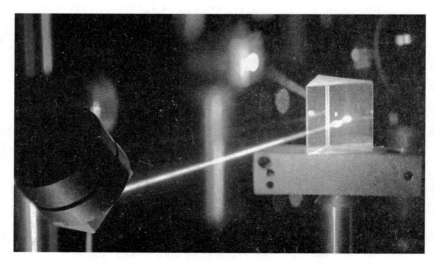

激光

"天光一号"超短超强激光系统

【激光惯性约束聚变】核能的释放有两种途径，一种是重原子核的裂变，另一种是轻原子核的聚变。从释放出来的能量来看，聚变能比裂变能要大得多。此外，聚变能释放时不会产生核裂变那样强的放射性，因此它要安全与干净得多。最主要的是，核聚变的主要燃料氘，来源于占地球总面积70％以上的海水，几乎是取之不尽用之不竭的。因此，从理论上来说，核聚变能作为一种新能源是十分理想的。

然而，现实中想要控制核聚变却十分困难。关键问题在于，引发轻原子核发生聚变反应的"点火"温度高达几千万度，在这么高的温度下，任何物质制作的容器都会被熔化。为了控制这种反应，通常采用磁场约束的方法，另一种方法就是——激光惯性约束核聚变。

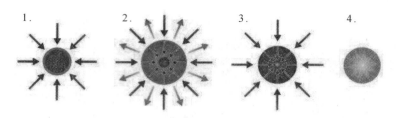

以激光进行惯性约束聚变的图解

（四个过程分别是加热、压缩、点火、燃烧）

惯性约束核聚变激光驱动装置

◎ "863" 计划的诞生

1983 年，美国总统里根提出了《战略防御倡议》计划（又称"星球大战计划"），目的是对当时的苏联显示威慑力量，同时也是为了发展高科技，争取继续在世界上领先。这个计划在全世界引起震动。针对美国的行动，欧洲各工业先进国所接受的"尤里卡"高技术发展计划也应运而生，日本、苏联的高技术计划也相继出笼，在国际高技术领域掀起了不甘落后的竞争浪潮。整个世界，像一股旋风似的都随着转动起来。各国为保持科技发展上的主动权，在高技术方面展开了激烈的竞争。那么，中国应该采取什么对策呢？怎样使我国现代化事业在新形势下继续前进，跟上世界先进水平？

国家发展的机遇不能一再丧失，国际的挑战必须积极应对。王淦昌与光学家王大珩、电子学家陈芳允、自动控制专家杨嘉墀一起对这个问题进行研究。四位专家花了很多精力，进行分析和论证，形成了一些看法。1986 年 3 月 2 日，他们联名向党中央提出了《关于跟踪研究外国战略性高技术发展的建议》。仅隔两天，即 3 月 5 日，邓小平同志就在建议书上批示："这个建议十分重要"，"此事宜速做决断，不可拖延！"

1986 年 11 月 18 日，中共中央、国务院发出了《高技术研究发展计划纲要》的通知。由于促成这个计划的建议的提出和邓小平的批示都是在 1986 年 3 月，这个历史性的时间点被载入了史册，由科学家和政治家联手推出的"863"计划一下子就叫响了。

1986 年 3 月向中央提出发展高技术建议（即 "863" 计划）的四位科学家

右起：王淦昌、杨嘉墀、王大珩、陈芳允

1986 年 5 月王淦昌（右五）、于敏（右一）、王大珩（右三）与

其他获国家科学技术进步奖获奖者合影

1988 年在中国科学院高能物理研究所，王淦昌（后左二）与
其他科学家聆听邓小平同志关于发展高科技的讲话

1991 年 5 月，王淦昌（左一）参观"863"计划成果展览

江泽民与王淦昌、朱光亚、杨嘉墀、王大珩、陈芳允等合影

左起，前排：陈芳允、杨嘉墀、王淦昌、王大珩；

后排：朱丽兰、宋健、丁衡高、朱光亚

"863"计划是一个国家规模的战略性高科技发展计划。在"863"计划中，国家选择了对中国未来经济和社会有重大影响的生物技术、航天技术、信息技术、激光技术、自动化技术、能源技术和新材料等领域，作为突破重点，在几个重要的技术领域跟踪世界水平，力求缩小我国与先进国家间科学技术水平的差距，并力争在有优势的高技术领域进行创新，解决国民经济急需的重大科技问题。

"863"计划实施以来，不仅突破和掌握了一大批关键技术和核心技术，而且为国家培养了一大批高技术创新人才，为国民经济、社会发展和国防建设作出了重要贡献，在提升我国自主创新能力、提高国家综合实力等方面发挥了重要作用。"863"计划已经成为我国高技术发展的一面旗帜。

三十多年来，"863"计划的健康发展，离不开一条生命线，那就是坚持科学发展、自主创新。这条科学发展的生命线来自王淦昌等老一辈科学家留下的优良传统，来自于科研团队"国家利益高于一切"的共同精神支柱和价值观。

王淦昌先生常说："中国科技工作者要团结一致，参与国际竞争。"站在国家高度，超脱小单位利益，才能有这样的胸怀。对于今天的中国科技界，这一点具有重大的现实意义，这也是"863"计划的特色和灵魂。

王淦昌就是这样，以他那半个多世纪从事科研的坎坷经历造就出的博大精深的头脑、机警敏锐的目光，高瞻远瞩地预见未来，为祖国的现代化事业献计献策。参与开创"863"计划，是王淦昌为国建树的又一个丰碑，也是他人生轨迹的必然。

第四节　科普大师王淦昌

◎为核电事业大声疾呼

从发现核裂变起，王淦昌就一直关心着核能的和平利用，希望使核能造福于人类。这也是一位真正科学家的"天性"，因为从科学家探索自然奥秘的本意来说，是为了造福人类。作为最早在我国介绍核电站的科学家之一，王淦昌以极大的热忱推动我国核电的建设，为我国核电事业迈出艰难的第一步做出了巨大贡献。

1954年6月，世界上第一座核电站在苏联建成，它的领导人正是杜布纳联合所领导布洛欣采夫。8月，王淦昌就在《科学通报》上发表了题为《苏联原子能电力站建成的伟大意义》的文章，阐述了原子能的优点和反应堆产生放射性同位素的用途，文中写道："原子能应用于和平建设，必定有非常光辉的远大前途。这次第一个原子能电力站的建立，不过是开端而已。"文章还从科学家的角度谈道："从开始发现放射现象到今天原子能可以用于发电，更是经过很多科学家历经半个世纪以上的钻研才获得的成果。我们应该珍惜这些成果，丰富这些成果，以使它更好地为人民、为和平服务。"

1955年7月，王淦昌参加了苏联科学院讨论和平利用原子能的科学与技术问题的会议，并宣读了中国科学院致大会的贺词。会议期间，他参观了世界第一个原子能发电站。回国后，王淦昌以极其兴奋和激动的心情，在《科学通报》上发表了会议的纪念文章。文章详细介绍了第一个原子能发电站的情况，并强调，"和平利用原子能的最普遍最有效的方法之一是建立原子能发电站。"这是我国最早具体介绍核电站的一篇文章。文章还详细介绍了苏联科学家利用放射性治疗恶性肿瘤、促进农作物增产和农畜产品辐照保鲜的情况。王淦昌在文章最后满怀信心地表示，"不久的将来，我们的原子能和平利用事业一定能够迅速地得到发展，并且为我国的经济和文化建设作出重要的贡献。"

王淦昌（右一）在第六届太平洋沿岸地区核能会议主席台上

1956 年，王淦昌亲自主持制定了我国科技发展十二年规划，他将和平利用原子能这一项列在首位。

然而，中国自从成功爆炸第一颗原子弹、第一颗氢弹后，科技体制便陷入了各种矛盾之中。尽管周恩来总理 1970 年 2 月 8 日就提出要搞核电，并于 1974 年批准了二机部提出的建设 30 万千瓦核电站的方案，但因"文革"的干扰，这著名的"728"工程，方案停留在纸上，计划锁在抽屉里，工程却迟迟未能起步。

日月轮回，如白驹过隙，时间来到了 1978 年。这一年，王淦昌调任二机部副部长兼原子能研究所所长。10 月 2 日，他邀请姜圣阶、连培生等五位核工业专家，趁着十月国庆节的假日，商议给改革开放的总设计师邓小平同志写信。

王淦昌在秦山核电站了解设备安装情况

"发展核电是我们的第二次创业，必须要提到这样的战略高度来看。"王淦昌高屋建瓴地提出自己的看法，大家均表示同意。连培生也拿出了一堆资料，资料上写着：法国，自 1971 年第一个核电站建成以来，目前已有 47 个核电站在运行，核能发电量占全国总发电量的 65％；美国，核电占总发电量的三成，现有核电站 93

座，正在建设的还有 20 座，有一座离西点军校不过 10 多公里；日本，现有核电站 33 座，正在建设的有 4 座；苏联、加拿大、瑞典、瑞士、南斯拉夫都相继建成并运行自己的核电站……

几位专家再也坐不住了，就着国庆节的豪兴，铺纸、研磨，由王淦昌执笔，五位专家联名上书中央军委主席邓小平同志，信中详尽阐述了四个方面的问题。首先是发展核能的必要性，其次是我国已具备发展核能的条件，再次是历数了当前的各种混乱状况，最后提出了发展我国核电的建议。信的末尾疾声呼吁："我们迫切希望部以上有一个领导机关负责解决这些问题。核电规划虽然复杂，只要有集中的领导，经过一定时间的调查研究，就能较好地编制出来……"

这封信对我国核电发展起了推动作用。邓小平看到信后十分重视，很快将信批转给有关部门，要求认真听取专家们的意见。1980 年 1 月，中共中央发出 2 号文件，明确提出，核电建设不要分散地搞，要集中精力，全面规划，分工协作。和平利用原子能工作，应由二机部统一归口管理。核电建设步伐由此加快起来。

1979 年 2 月，王淦昌以中国核学会理事长的身份，率领中国核学会代表团访问美国和加拿大，学习他们发展核电的经验。就在王淦昌一行到美国考察的第二天，美国三哩岛核电厂发生事故。有记者问王淦昌的看法，他毫不迟疑地告诉记者："在弄清事故的原因后，三哩岛所发生的情况是可以避免的。王淦昌对核电的发展充满信心。"在华盛顿各界华人欢迎核能代表团的宴会上，他致谢词时再一次明确指出：发展核电事业是解决能源问题的正确方向，不应动摇。三哩岛事件是可以避免的，核污染是可以防止的。

1979 年王淦昌率中国核能代表团访美，在华盛顿各界华人欢迎宴会上讲话

　　1979 年 6 月，在第五届全国人民代表大会第二次会议上，王淦昌提出了《积极开展原子能发电及有关的研究工作》的提案；在当年的《自然杂志》10 月号上，王淦昌发表了《勇攀原子能科学技术的新高峰》一文，再次呼吁全党全民重视核电，建设核电，造福子孙后代。

　　此后，王淦昌又多次率团到世界各地出席关于核能问题的研讨会。踏着太平洋、大西洋的波涛，迎接着新世纪发展变化的强劲风云，他登上国际的论坛，抒发一个中国科学家建设核电的豪情壮志。1980 年 11 月，王淦昌率团出席由美国核学会和欧洲核学会联合举办的世界核能问题会议，作了题为《中国核能的发展前景》的报告；1984 年 3 月，他以中国核工业部科技委副主任的身份，出席了日本原子工业讨论会（JAIF）第 17 届年会，作了题为《中国核能的发展与国际合作的报告》。在这些会议上，王淦昌报告了中国核能发展的前景，与各国同行广泛进行交流，增进老朋友之间的友谊，结交新的朋友。与此同时，在国内，王淦昌也通过写文章、作报告，积极宣传核电以及我国发展核电的重要性。

1980 年，中央书记处在中南海举办"科学技术知识讲座"，邀请中国科学院的专家给中央书记处和国务院的领导同志讲课。王淦昌主讲了《核能——当代重要能源之一》这一课。

在当时，我国发展核电走什么道路，有两种意见争论得很激烈。一种意见认为：90 万千瓦核电站是国际成熟的技术，我国只要引进就行了，拿到图纸，就可

1984 年王淦昌在日本原子工业讨论会第十七届年会上作报告

以一台一台地投产，何必花力气去搞 30 万千瓦这种没有发展前途的东西呢？第二种意见就是王淦昌的看法。他始终认为，自行建造原型核电站很重要，中国发展核电的原则，应该是以自力更生为主，引进外国设备为辅。

为此，王淦昌还在国家计委和国家科委于 1983 年 1 月召开的核能技术政策论证会上，作了题为《在发展我国核电事业中正确处理引进和坚持自力更生原则的问题》的发言。在发言中，他一针见血地指出："我们不能用钱从国外买来一个现代化，而必须自己艰

苦奋斗，才能创造出来……我们的头脑必须清醒，设备进口也好，技术引进也好，合作生产也好，这些统统是手段，目的则是为了增强自力更生的能力，促进民族经济的发展。"结合自己从事科学研究研制设备的体会，王淦昌多次讲过"百鸟在林，不如一鸟在手"的比喻，强调建设 30 万千瓦自行设计的核电站的重大意义。

经过反复调查研究和论证，国务院于 1982 年 11 月批准"728工程"建在浙江海盐县的秦山，后正式命名为秦山核电站。1983年 6 月 1 日，秦山核电站终于破土动工了，但随之又传来要停止建设的声音。王淦昌又和其他一些专家共 17 人联名写了一封信，向中央领导和有关部门提出"全国上下，通力合作，加快原型核建设"的建议。建议得到了中央领导批准，秦山核电站没有下马。

1983 年 9 月，王淦昌参加在加拿大举行的第四届太平洋国家核能会议。会上他发言强调：中国有基础、有能力依靠自己的力量，借鉴国外的经验，发展核电事业。王淦昌的发言受到各国代表的欢迎。1986 年 1 月，国务院决定把核电站的工作都交给核工业部统一管理和经营。1 月 21 日，胡耀邦等党中央领导在中南海怀仁堂会见了王淦昌和姜圣阶等 10 位专家，和他们

1983 年 11 月王淦昌在
加拿大温哥华

座谈我国核工业与和平利用核能问题。王淦昌谈了"加速我国核工业体系的建设"，"希望政府对核能的开发要有长远的安排"，"要研究快中子增殖堆和受控核聚变反应"。后来，《光明日报》把

王淦昌的发言刊登出来。

可以说，在我国发展核电的每一个阶段，都凝聚着王淦昌的心血。浙江秦山核电站、广东大亚湾核电站的建设，都是在王淦昌等有识之士的呼吁推动下开展的。

尽管，秦山、大亚湾两座核电站的建设都已全面铺开，但是王淦昌总感到有些问题还没有从根本上解决，不免还有点担心。1990年2月28日，王淦昌和钱三强、李觉、姜圣阶4个人联名，给江泽民同志和李鹏同志写了一封信。信中写道："……我们4人虽都已高龄，但作为第一代核武器（两弹一艇）的参与者，有一件事情一直放心不下，就是如何把发展我国核电事业纳入国民经济整体发展规划之中，切切实实地进行研究和落实，使它能为21世纪中国能源问题做出积极贡献。我们有两条主要建议：①发展核电一定要有战略决心和长远打算，及早制定我国核电发展中长期计划，并纳入国家'八五''九五'计划；②尽快落实核电发展基金，建立稳定的核电建设资金渠道。"江泽民同志很重视，做了批示，李鹏同志亲自给王淦昌他们复了信。

王淦昌不仅关心我国核电事业的起步与发展，而且对核电站的建设和运行也十分重视。他到秦山核电站工地去过好几次，每次到上海开会或者有什么事，都要到秦山去看看。1989年10月11日，王淦昌在上海参加"863"计划专家讨论会后，不顾已是82岁高龄，登上60米的高处参观了秦山核电站工地及秦山二期核电站工地。10月14日下午，他又召集十多位高级工程师开了个座谈会，谈建设秦山核电站的感想。座谈会上，王淦昌语重心长地说："我们这一代人，年纪都大了。中国自己设计建造的核电站，将在你们的手中诞生。这是一个光荣的使命，也是一个艰巨的任务。"针对秦山核电站进展的情况，他强调："千万不能为了赶进度而对质量有所忽视。搞核电站，一定要保证质量，把安全放在第一位。"王淦昌在座谈会上讲了有一个小时。他对我国核电事业的热爱与关心，使在座的技术人员十分感动。

王淦昌第三次视察秦山核电站（1989 年）

秦山核电站准备装料前最终安全分析报告要经核安全局审查通过。王淦昌不顾劳累，和欧阳予等人一起参加审查会。审查整整三天，王淦昌从头到尾跟了三天，从第一次会到最后一次会，一次没落下。旁听的时候，王淦昌也替欧阳予等人紧张，怕他们回答不上来影响通过。核安全局审查有几千个问题，王淦昌就在旁边静静地、认真地听。最后审查通过了，王淦昌如释重负地说："总算你们是对答如流。"

秦山核电站并网发电后，王淦昌还到那里去过两次，检查运行情况。大亚湾核电站施工期间，王淦昌也几次到那里检查工作。1994年底，他到深圳开会，还专门去大亚湾看了两座核电机组的运行情况。

1994年12月参观大亚湾核电站

（右一为于敏，右二为王大珩，左二为周展麟）

王淦昌以自己德高望重之身，在核能领域里，四海驰骋，为中国核能事业的发展，作出了重要贡献。

◎中南海一次难忘的讲课

1980年，中央书记处邀请中国科学院专家开设"科学技术知识讲座"，在中南海为书记处和国务院领导同志讲课。这一工作是由中国科学院组织的，共安排了十讲，第一讲是《科学技术发展的简况》，由钱三强主讲；第二讲是《从能源科学技术看能源危机的出路》。王淦昌听说这一消息后，主动与中国科学院联系，认为核能是当代能源发展的方向，建议增加讲核能的内容。这个建议被中央书记处采纳了，并由王淦昌负责主讲《核能——当代重要能源之一》。

为了讲好这一课，王淦昌做了充分的准备，并请连培生、李鹰翔和康力新三位同志帮忙，收集了大量资料，反复修改演讲稿，并进行了多次预讲。为使讲课更生动形象，便于理解，他们还将主要讲解内容与图片制成了50张彩色幻灯片，并铅印了大号字讲义。针对美国三哩岛核电站事故后，不少人对发展核电有疑虑，王淦昌在讲稿中专门准备了一段汇报内容，其中有一张幻灯片说明核电站可以建在大城市附近。

讲课于1980年8月14日在中南海怀仁堂的一间会议室里进行，由胡耀邦同志主持，听讲的有党中央、国务院的领导及各有关部委的负责人，共135人。王淦昌从原子核的裂变、聚变讲起，讲了核电站的安全性与经济性，提出我国发展核电是解决能源分布不均的最好途径，还讲了开发利用核能的五点建议。针对美国三哩岛事故之后，许多人对核电安全性有疑虑的情况，王淦昌专门说明了三哩岛事故之所以在西方引起反对核电的新高潮，它的背景很复杂，有各种政治、经济、社会、心理的因素在起作用，应做分析。

王淦昌还指出，核能发电趋势大体将经历三个阶段：一是推广现已成熟的热中子堆，二是研究建造快中子增殖堆，三是研究建造受控热核聚变堆。最后，他激动地说："我们原子能战线的广大科技工作者和工程技术人员，迫切希望将自己的知识和本领，献给祖国的核电事业，为四个现代化发光发热！"听讲的同志报以热烈的掌声。

午餐时，胡耀邦同志请王淦昌坐在旁边，并对他说："核电站不可怕，我是相信科学的，相信你们这些科学家。""所谓能源危机，其实就是科技危机。能源就在地球上，取之不尽。从历史发展看，总是新能源代替旧能源。关键是科学技术水平，也就是人类研究开发能源的水平。科学家的担子重啊！"

王淦昌还把一些领导同志提出而又无法立刻解答的问题记录下来，会后进行了研究，然后将结果专门写信寄给中央领导同志。例如，当时有位领导提出，"核电投资大，经济上是否划得来？"由于时间限制，这个问题没能及时回答。王淦昌觉得这个问题对领导决策影响重大，回来后，他立即找有关同志分析、计算，与连培生同志联名写了《关于核电站造价问题》一文，报送中央和有关方面的领导同志。

王淦昌不仅向国家领导人宣传、普及核知识，他一直主张向全社会，特别是向青少年宣传和普及原子核科学技术知识，消除人们对核的疑虑，为建设核电站、推广核技术、培养后备人才创造良好的社会环境。

作为中国核学会第一届理事长，王淦昌领导下的中国核学会在全国各地举办过多次展览。这些展出对社会影响很大，过去的核科学技术在百姓心中是神秘的，如今，它展示在百姓面前，既感新鲜，又感亲切。

1983年，在中国核学会提议和推动下，由中国科协、国家科委、国防科委、核工业部联合主办，中国核学会承办的"全国首届核科学技术应用展览会"在北京军事博物馆展出。在展览会开幕前夕，王淦昌接受了记者的采访，他针对人们对核的恐惧心理说："核确有一定的危害性，但完全可以控制，火与电，不也能够造成伤亡事故吗？只要使用得当，控制得好，核能是有益无害的。"

举办规模如此盛大的展览会，目的在于向广大干部和群众普及核科学技术在国民经济和人民生活中的应用知识，同时推广一批核技术成果。这次大规模的综合性核科学技术应用展览，展出25天，共接待观众7万人次。当时的国务院总理赵紫阳就亲自前往参观，并与工作人员合影留念，他对展览会给予了高度评价，对核技术在农业、工业、医学和人民生活等方面的广泛应用所取得的成果感到高兴，并指示"要挑选一批比较成熟的、真正能够推广的成果，扎扎实实地推广，在推广中发展核科学技术"。他还要求各部委的领导共43人参观了展览。当时的营养专家于若木还派人到展览会购买一批辐照食品到中南海推广应用。

这次展览会后来又应邀到郑州、广州、深圳、南京等地巡回展出。为了使一般观众能看得懂，专业人员看了又不俗，在展品总体的艺术设计、文字资料的编辑方面，按科学性、技术性、连续性、完整性和艺术性相结合的要求进行修改，按深入浅出、形象生动的要求进一步布置展馆。在充实了展览内容后，1986年再次由中国核学会组织到沈阳、太原、福州、杭州等地展出。展览会先后历时4年，在全国十多个省市和香港地区共展出12次，接待观众达50万人次，较系统地介绍了核科学技术在各领域的应用知识和成果，以及核能的和平利用和安全常识，为核电发展营造良好的社会氛围。

核科学家与原子核科技夏令营的小朋友们合影（前排中为王淦昌）

尤其是在香港地区的展出，各方面十分重视。当时因为发生了切尔诺贝利核电厂事故，香港100万人签名反对在大亚湾建造核电站。中国核学会向政府提出了派展览团及专家组去香港，向香港居民宣传核能和平利用特别是核能发电科学知识的建议，得到国务院批准后，立即组织专家组和展览团赴香港展出。专家组和展览团在极为困难和极为紧张的气氛中开展了多项活动，编印了大量的核电科普资料散发给民众，除展览宣传外，还举行了多场报告会、专家座谈会和科普讲座。观众相当踊跃，共有8万人参观。很大程度上消除了民众的顾虑，缓和了反核情绪，得到了香港地区和国家有关部门的好评和奖励。

王淦昌曾亲自动笔，为湖南少年儿童出版社出版的一套科普读物《大科学家讲的小故事》系列丛书，撰写了其中一册——《无尽的追问》。他用朴实的文字，坦诚、亲切地同小朋友"谈心"；用生动的故事引导青少年热爱科学、热爱生活，使青少年在轻松愉快中得到启发，也让大家懂得人生不会一帆风顺，只有通过不断努力，才会有所收获。

为了鼓励青年一代奋发图强、为国争光，王淦昌积极参加对青年学生进行爱国主义教育的活动。

王淦昌著《无尽的追问》

他曾自告奋勇，到两个孙子当年所在的月坛中学和 214 中学去做爱国主义报告。每次他总是重复强调这样一句话："皮之不存，毛将焉附，我们要把个人与祖国紧紧地连在一起。"是的，这是王淦昌发自肺腑的心声，因为他深知，中国要强盛，需要千千万万个人才。

有一次，上海交通大学请王淦昌作报告，他赠给学生们四句话："振兴中华，匹夫有责；立志成才，献身四化"，表达了老一辈科学家对青年一代的殷切希望。他给《少年百科知识报》的小读者们写寄语："学科学，用科学，做科学的主人。"他给核工业部九院研究生题词："讲道理，守纪律，明法治，治国平天下；有理想，要团结，增强国力。"

王淦昌还将自己因发现反西格马负超子获得的国家自然科学

一等奖 3000 元奖金，全部捐献给原子能研究所（中国原子能科学研究院前身）子弟中学及小学，作为鼓励学生努力学习科学文化知识的奖励基金。1986 年 4 月，中国原子能科学研究院成立了"王淦昌基础教育奖励基金会"，王淦昌再捐 4 万元。许多获得此项奖金的学生，在国际、国内竞赛及高考中都获得了优秀成绩，甚至有学生获得过国际奥林匹克数学金奖。

即便是在医院重病弥留之际，王淦昌还嘱咐子女将 10 万元赠与支塘中学作为王淦昌奖学金，激励学生努力学习。王淦昌的小女儿王遵明回忆说，"他生前还资助过好几个贫困学生上学，但他自己从来不讲，我们也一直不知道。后来整理他去世的遗物，我们才发现，可能那些孩子到现在有的还不知道资助人就是著名的大科学家王淦昌。"

◎王淦昌星

王淦昌不仅是一位物理学家，进行物理学前沿的探索研究；还是一位优秀的教育家，言传身教，为我国培养了大批物理人才。作为我国早期科学工作者的突出代表，王淦昌既有严谨的治学态度，又有极强的爱国热忱，在国家处于战争状态，自己和家人的生活乃至生命都受到威胁的情况下，仍不忘忧国。王淦昌痛感祖国科学文化落后、受人欺凌之苦，为发展我国核科学和教育事业不辞辛苦、呕心沥血，取得了许多成果，充分表现了中国老一辈科学家脚踏实地、执志若金的奋斗精神。

王淦昌取得的这些成果并不是在窗明几净、设备先进、资料

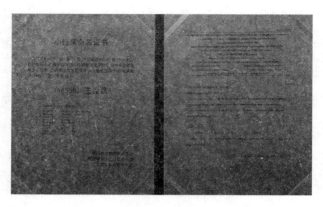

王淦昌星命名证书

充足的科学实验室中获得，而是在四处漏风的陋室里，夏天多蚊蝇、冬天少煤火的情况下完成，许多论文都是在点着的柏油灯下，在粗糙的稿纸上写成。特别是，王淦昌在困难的环境下，结合自身的特点，积极思考，大胆创新，寻找新的研究方法，在理论研究与实验工作之间"搭桥"，不失为科技工作者学习的光辉典范。

对王淦昌一生的成就，曾有评论说："任何人只要做出其中的任意一项，就足以在中国科技发展乃至世界科技发展历程中名垂青史。"王淦昌以终身不懈的追求和探索，在世界物理学和中国科技史上写下了光辉篇章。

为了纪念王淦昌先生，2003 年，在中国第八届全国物理协会代表大会上，一颗由国家天文台于 1997 年 11 月 19 日发现的国际永久编号为 14558 号的小行星，经国际小行星命名委员会批准，正式命名为"王淦昌星"。这颗翱翔太空的智慧之星，满载的是王淦昌一生的不朽功勋，闪烁的是中华民族的理性之光。它将与日月同在，永远为人们所敬仰。

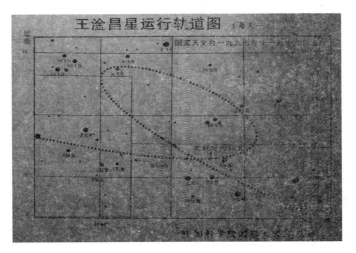

王淦昌星运行轨道图

◎王淦昌语录

我愿以身许国！

科学没有国界，但是科学家有祖国。现在我的祖国正在遭受苦难，我要回到祖国去，为她服务！

我不想逃避战争灾难。尽管它会影响我的科学事业，但我还是愿意回去与我患难中的同胞同甘共苦共命运，为他们服务。如果我的祖国我的家庭都毁灭于侵略的战火，我一个人生存下来有什么意义呢？

游子在外，给父母捎家用钱，理所应当，现在国家遇到了困难，我难道不应尽一点儿心意吗？

皮之不存，毛将焉附，我们要把个人与祖国紧紧地连在一起。

我们应该要求自己站在世界科学发展的前列，只有这样，才能带领青年人去发展我们的科学事业。

我已经是70多岁的老人了，为什么还要加入共产党呢？简单地说入党可以多做工作。几十年来，我亲身体会到，曾经灾难深重的中华民族，在有了中国共产党的领导之后，才有了尊严，有了力量，中国人民才有了今天的幸福生活。我们这样一个大的国家，没有共产党的坚强领导，要建设社会主义强国是不可能的。经过了十年动乱的曲折，党的十一届三中全会的召开，我更加深信中国共产党能够依靠自己的力量，纠正错误，端正航向，团结带领全国人民建设社会主义，走向共产主义。因此，我决心加入中国共产党，为社会主义现代化建设，为共产主义事业奋斗终身。我心里这样想，入党申请书上也是这样写的。

大家说我入党之后，好像变得年轻了，干劲更足了。这主要是入了党，我有了更加明确的奋斗目标，感到肩上的担子更重了，只想着多做工作，时间好像不够用似的。时间就是生命，我们上了年纪的人对这一点深有体会。我们拼命地工作，想尽力把科研搞上去。我常常对惯性约束聚变研究组的同志们说："要快，要加快节奏，要快些拿出成果来。"共产党员就应该这样工作。

中华民族已经站起来了，有中国共产党的领导，有一大批为国家和民族的振兴而默默奉献的科技人员、干部、工人和解放军，正如毛泽东主席所说："只要有人，又有资源，什么奇迹都可以创造出来。"

爱国与科学紧密相关，这成关我生命中最最重要的东西，决定了我毕生的道路。

搞科学研究的人，特别是从事我们这个事业的科学工作者，不能怕艰苦，不能过多考虑个人生活，饭吃饱了就行，我们甚至可以过原始人的生活。

吃饭急什么，做科学研究工作的人，就没有上下班之分！也没有星期天，只有星期七！科学工作者必须有牺牲精神。一个人如果没有牺牲精神，怎么能做好科研工作？

选材与取材，都是得根据特殊需要抉择。缺什么，寻觅什么。可用的，即便最破旧，也比无用的宝贝大有价值。价值在于能用，且能用得出新意来。

科学研究是硬碰硬的事……科学研究是严肃的事情，要有充分的证据，来不得半点马虎，也不能急于求成。

作为一个科学工作者，首先要敢于大胆设想，只有这样，才能闯出新路子。再就是光有新思路还不够，最重要的是"干"，要自己动手做实验，实践是检验真理的唯一标准嘛。

知识在于积累，才智在于勤奋，成功在于信心。

要当科学家，不要当科学官。

作为一个科学工作者，首先要敢于大胆设想，只有这样，才能闯出新路子。再就是光有新思路还不够，最重要的是"干"，要自己动手做实验，实践是检验真理的唯一标准。

国家的东西嘛！我们不应当搞杂牌，应该搞一个牌子，那就是"中国牌"！

我对原子能事业有深厚的感情，对原子能研究所也有深厚的感情，总希望把它搞得更好一些。

原子能是新兴的能源，世界上煤、石油和天然气蕴藏有限，又是宝贵的化工原料，烧掉可惜。今天核电已发展成为一种安全、可靠、清洁与经济的能源。

在我国核电发展事业中，坚持自力更生为主，争取外援为辅的方针仍是正确的方针。退一步说，只有在我们自己亲自动手的基础上，积累经验，了解技术关键，才能在对外贸易中处于主动、不被人欺的地位。

受控核聚变研究是当代世界为了解决未来能源问题的重大科研项目。在天然化石燃料及裂变燃料供应日趋减少的情况下，从轻原子核（如氘、氚）的聚变反应中获取能量为社会提供几乎是无限的、清洁的、安全而廉价的动力，一直是受控聚变研究的明确目标。它的研究成功，必将引起社会生产力的巨大变革。

建立开放的国家实验室，是当前国际上管理这类大型科研设施的行之有效的先进经验，符合当前改革的精神，有利于打破部门所有制，全国同行共同使用，课题择优支持，才能充分发挥这台先进设备的作用，提高研究工作的水平。有了这样的先进实验室，我们就比较有条件平等地与国际上开展科学技术交流与合作，甚至有条件吸收国外华裔科学家回国工作。建成国家实验室，国家也便于在这个领域有重点地支持和加强国际学术交流。

在现代热中子堆核电站的基础上，还要发展核燃料利用率更高的快中子堆核电站等。

核能核技术在军事上是一种威慑力，在经济上是一种新能源，在科技上是一种可以广泛应用的高新技术，总的说是一个国家综合国力的重要标志。

核能发电是安全的，比烧煤好得多。煤里有少量有害杂质，如汞、铀、硫等，燃烧时对环境污染严重。而核电站的废物（即放射物）都被妥善处理，不会散入大气，因而没有污染环境的问题。

发展核电，改变我国现有的能源结构，使我国 21 世纪的能源工业建立在科学的、有远见的发展战略基础上，这是解决我国能源紧张问题，发展国民经济的根本途径和物质保证。

在当今世界能源问题日趋突出的情况下，核聚变能源被视为 21 世纪必须发展的重要途径。区别于当前已经实施的核能发电，后者是利用成为核聚变的原理，主要原料是铀。铀在地球上的储量是很有限的，而且对它的大量使用会导致污染环境及处理废料等问题。核聚变则利用储量极为丰富的氢的同位素作为燃料，但技术途径也较复杂。自从激光问世以来，以强激光作为驱动可控热核聚变反应的途径收到世界上科技先进国家的极大重视。美、苏、日、法、英等国都集中精兵投入这一为子孙后代着想的重大战役。

第三章　那些从杜布纳回国的科学家的故事

吕敏：中国科技工作者不比外国差

2015 年 4 月 30 日上午，记者接到吕敏院士的电话，吕院士约记者前往他的家里，聊一聊有关 1956 年至 1965 年期间，中国科技工作者在苏联杜布纳联合所工作的相关事宜。那段时间，吕院士刚刚身体康复出院，又闻讯曾在杜布纳联合所的好友徐鸿桂去世，心中万千感慨，强烈呼吁并提议将有关中国科技工作者在杜布纳工作的那段岁月进行抢救性的采访。

从 2015 年至 2017 年，记者先后四次去拜访吕院士，他对采访工作给予了无比的关心与支持。

吕院士回忆：在那段岁月国内派出大批青年科技人员和大学老师，他们分散在联合所各个实验室参加工作，在苏联同事指导和帮助下从事各个专业的研究。由于联合所拥有较先进的科研设备条件，具有良好的学术气氛，他们的科学研究水平有了明显提高，这批人回国后在各行各业继续从事核技术领域的专业工作，许多人作出了重要的贡献。

在联合所工作期间，中国的年轻人员和苏联同事相处融洽，即使在两国关系转差的条件下，互相之间仍然保持了友好的关系。除了工作关系外，中国同志还参加许多业余活动，如篮球、足球、乒乓球比赛，参加义务劳动等。不少人都到过苏联同事家里做客。中国人自己也组织许多业余活动，生活还是丰富多彩的。这段经历对大家都是一段美好的回忆。

在联合所的中国学者每年国庆都要举办国庆招待会，外国同事参加非常踊跃，一般由中国学者出几个小节目（如独唱、合唱、也有抖空竹等），放一场由使馆借来的中国电影。会前提供一些中国小点心，最受欢迎的是朱洪元夫人的泡菜（甜酸洋白菜），会后有许多苏联人向她请教如何泡制。

吕院士说："尽管在去杜布纳联合所之前，我已经在中国科学院近代物理研究所工作过 7 年时间，有一些工作基础，但是在杜布纳联合所短短的 3 年时间里，开阔了我的眼界，通过各种学术交流提高了我的自信，并且使我了解到如何在大型实验室里做实验。三年中我曾在三个实验室工作，接触到许多不同年纪、不同水平的苏联科技人员，从他们那里学到许多知识，同时也逐步增强了自己的信心，就是在同样的实验条件下，中国人不比外国人差，外国人能做出的成绩，我们也一定能做成功。

主动申请前往杜布纳深造

1931 年 4 月 20 日，吕敏出生于江苏省丹阳县的一个知识分子家庭里，父亲是我国著名的语言学家吕叔湘。

1952 年，吕敏从浙江大学物理系毕业，分配到了中国科学院近代物理研究所，从事宇宙线基本粒子的实验研究。他在王淦昌、

1960 年丁大钊、周光召与吕敏在一起

张文裕等先生的指导下，利用宇宙线研究奇异粒子和高能物理，并于 1955 年以及 1956 年，先后两次到云南东北山区海拔 3200 多米的高山实验室工作，收集高能核作用和奇异粒子的事例，获得了几万对云雾室照片，带回北京进行判读与分析。研究成果曾发表在《中国科学》《物理学报》等刊物上。

据吕敏回忆，自 1956 年 3 月，由 12 个社会主义国家的科技工作者组成的苏联杜布纳联合所成立后，他的导师王淦昌先生等便前往杜布纳联合所工作。对于能去杜布纳联合所工作，吕敏自然也是很向往，于是，1959 年春天，从云南高山实验室回来的吕敏便前往钱三强先生家里，自己主动申请去杜布纳联合所工作。钱三强先生欣然同意并向杜布纳联合所推荐了吕敏。

在吕敏的心里，钱三强先生对我国核科学的学科发展的布局工作非常敬业，当时，杜布纳联合所共分高能、中能、重离子加

吕敏留影

速器、中子物理等实验室，钱三强先生认为每个实验室都应该有中国的科研工作者去工作与学习。

与 1959 年的冬天一批人大概 40 多位科技工作者集中派往杜布纳工作不同，1959 年的 5 月，吕敏只身一人来到莫斯科，师弟丁大钊接站，带着他在莫斯科逛了一圈后便一起回到杜布纳，王淦昌先生安排吕敏到高能实验室工作，具体的科研课题是反质子束测量。据吕敏回忆，这个课题是当时非常新的课题，王淦昌与周光召两位先生都希望他能在最新的课题上有所收获。可惜的是，一年时间过去了，当吕敏将探测器设计好后，质子束还没有出现，这个课题被搁浅，于是吕敏从高能实验室调到了中能实验室。

提高了自己的自信心

原本，王淦昌先生调吕敏去中能实验室参与一项大型课题的研究工作，未料，实验室组长未与吕敏交流，直接给了吕敏一个小课题做。但事后，吕敏反倒庆幸这样的安排，由于研究的课题小，所以主要只有吕敏一个人做实验，这使得吕敏可以完整地了解到整个实验的流程，熟悉了在大型科研设备中的实验流程与方法。并且，吕敏非常欣赏他的组长，在组长 Prokoshikin 身上，他学习到了苏联科学家对科研狂热并且专注的精神。据吕敏回忆，这位组长到实验室的时间每天总是很晚，后来，吕敏慢慢才发现，原来，每天在清晨很早的时间里，组长第一个来实验室里工作和阅读，差不多大家快来实验室的时候，他便去吃早饭了。在吕敏的记忆里，这位组长每次来实验室的时候，都是吹着口哨，很轻松自在的样子，组长 Prokoshikin 身上这份对科研的热爱又自由的精神，至今让吕敏印象深刻。

在中能实验室工作了一年后，吕敏在杜布纳联合所工作的期限已到，与此同时，1961 年，中苏关系开始破裂，苏联政府突然撤走全部在华专家，中止援助中国发展原子弹的协议。听到使馆传达的消息以后，在联合所工作的同志们十分气愤。吕敏和周光召等其他几位同志一起向国内领导表示愿意放弃基础科研，回国参加我国自力更生发展的核武器事业，并由何祚庥同志回国向钱三强先生汇报请示。

在国内的朱光亚听到他们的请示后，朱光亚先生让吕敏回国休假探亲，在此期间朱光亚在二机部大楼接见吕敏，表示同意他们的请求，但要求吕敏继续在杜布纳联合所的中子实验室再工作一年，因为，中子实验室的脉冲反应堆的工作原理类似原子弹，熟悉脉冲反应堆对今后工作有利。

于是，回到杜布纳联合所后，吕敏又由中能实验室调到中子实验室，具体负责测量反应堆输出的脉冲波形，由幅度起伏推断反应堆功率输出。吕敏回忆，这项科研工作，其测量技术十分类似原子弹爆炸输出的射线测量，对他回国后参加核试验测量工作有很好的参考价值。由此，可见朱光亚先生的战略眼光。

吕敏在中子实验室工作，发现其反应堆设计是由苏联其他设计院负责，并且资料保密，一些资料留在操纵室，不外借，于是，吕敏工作的一年时间里，只能靠看资料，并且做笔记来摘录有关资料，但这一年的科研工作与学习确实对日后回国参与核武器的研制工作有帮助，使得他对自己很有信心。

我愿意回国参与核武器的研制工作

1962 年，吕敏回国后被调到九院工作了几个月，之后又被调到国防科委，跟随程开甲先生在新疆参加核试验基地研究所的筹建工作，并开始做第一次核试验的准备工作。自此，吕敏便与核武器事业结缘，在艰苦的边疆工作长达二十多年。

在从事核武器试验中实时物理测量工作的二十多年里，吕敏获得了近 30 项研究成果，于 1991 年当选为中国科学院院士。

据吕敏夫人回忆，当年，在马兰基地工作，条件相当艰苦，实验室在山坡上，他们上下班要走很长的路，当时我国物资匮乏，在边疆很少能吃到蛋与肉，蔬菜的品种都很少，常常只有大白菜与西葫芦。一到冬天，只能靠菜窖里的大白菜、土豆、萝卜来度日。1983 年，吕敏被检查出急性肝炎，但出院后吕敏依然顽强地坚持拖着生病的身体奋战在基地，奔波在核试验现场。1986 年，吕敏再次病倒，并且病情严重，急需转院抢救。在传染科医生的强烈建议下，基地从新疆军区调来小飞机，将吕敏送到乌鲁木齐，又紧急转乘飞机到北京。由于抢救及时，吕敏转危为安。

吕敏在伏尔加河前留影

1987 年，吕敏被调回到北京，在国防科工委系统工程研究所任研究员，参加了抗辐射加固、军备控制等国防科学与技术研究，在核军备控制的理论、形势分析、趋势预测等方面写出了一系列论文，并在各种会议上报告交流。

时至今日，再聊过往，吕敏说，1964 年 10 月 16 日，我国第一颗原子弹爆炸成功，他就在试验现场。起爆的时候，要求大家都低着头，等他们抬头看时，蘑菇云已经升得很高了，这时，有人开始叫喊，有人开始拥抱……他的内心实在是高兴，但同时担心更多的是试验数据的测量工作是否成功。在吕敏的心里，研制我国核武器工作，是国家交给他们这一代人的一项历史任务，必须成功，而且核试验测量工作必须一次成功，不能重复、没有退路，他们都拼尽全力对待这项任务，必须学会自力更生。

吕敏觉得，作为一名科技工作者，如果选择从事核武器的科研工作，就要不计名利，因为这是一项保密性非常强的工作。要在边疆的深山、戈壁工作，并且不能发表论文。面对这一切，对吕敏而言，他一生都不后悔选择了这份事业。吕敏说："我们那代人，童年都在抗日战争中度过，当时，我的父亲因战乱，到成都的金陵大学教书，一个人要做三份工作才能养活我们一家人，一家六口人挤在一间半草房里，夜里睡觉都可以听到老鼠在棚顶上乱窜的声音……在抗日战争中受过的苦，我至今记在心里。一个国家必须强大，百姓才能过上安稳的日子。我从小就有一颗报国心，对国家有贡献的事业。原子弹、氢弹等核武器的研制成功，大大提高了我国的国家地位，有机会参与到这份事业中，是我一生的幸福。"

吕敏简介：核物理学家。1931年出生于江苏丹阳。1952年毕业于浙江大学物理系。1959年起在苏联杜布纳联合所工作。1962年奉命回国，从事国防科技研究，长期在新疆核试验基地工作。1991年当选为中国科学院院士。

王乃彦：为祖国争光

提及 20 世纪 50 年代末王乃彦被派往苏联杜布纳联合所工作的那段岁月，已经 82 岁的王乃彦院士深情地讲述："自 1965 年，我们从杜布纳联合所撤退回国后，直到 20 世纪 90 年代，我因工作的缘故有机会随同中国代表团同次访问杜布纳联合所，与曾经和我一起工作的苏联老科学家再见时，我们之间的感情却依然很深。第一次回到杜布纳联合所，当时我所在的中子物理实验室的室主任、副室主任以及小组组长都已经辞世，我便要求会见当年同在一个实验小组的师兄阿列克·波波夫，他是莫斯科大学物理系毕业的，当波波夫听到是我要求见他，就激动地很快从家里赶过来。而他赶到时，我正在研究所其他实验室里参观，他在中子物理实验室门口等了很长时间，我们见面后，相互拥抱，热泪盈眶……当年我们中国的科技工作者在杜布纳联合所工作都是非常努力很认真的，表现得很优秀，给苏联的科学家们留下深刻的印象。这么多年过去了，他们依然希望我们有机会再回杜布纳联合所看一看，而在杜布纳联合所的那段岁月，对我一生的科研工作也有着很深的影响。"

钱三强的叮嘱："要为祖国争光"

1952 年，王乃彦考入北京大学物理系，三年级分专业时分配到无线电电子学专业，但他却没学两个月又被调到原子能专业，当时叫北大 6 组，代号 546。1956 年，大学毕业后的王乃彦被分配到中国近代物理研究所即现在的中国原子能科学研究院一部第二实验室三组工作，组长是钱三强先生，在重水反应堆上做中子能谱学研究。

在研究所工作了 3 年后，研究所所长钱三强推荐王乃彦前往苏联杜布纳联合所工作。苏联杜布纳联合所成立于 1956 年，距离莫斯科有 150 公里，是当时 12 个社会主义国家阵营联合出资开展科研、培养科技人才的研究所。中国出资占总额度的 20％。自 1956 年开始至 1965 年，中国相继派出 100 多位科技工作者前往该所进行科研工作。

早在王乃彦被分配到近代物理研究所工作之初，他对杜布纳联合所就有所耳闻，并且他知道第一批被派往杜布纳联合所工作的王淦昌、周光召、唐孝威、吕敏等科技工作者都是非常优秀的人才，他自然很向往自己也有机会前往杜布纳联合所工作。谁想，当王乃彦的材料被寄往杜布纳联合所后，杜布纳联合所中子物理实验室竟将材料又寄了回来，并附有一封信给钱三强："请你们派一位副博士以上的科技工作者来！"

据王乃彦回忆，当时杜布纳联合所要求至少派副博士以上的学者前往杜布纳联合所做科研工作，然而，钱三强先生却执意要求王乃彦做好准备工作，并再一次将王乃彦的材料寄回给杜布纳联合所，回信道："我们所派送的王乃彦，就是具备了副博士以上科研水平的人……"在钱三强先生的坚持下，两个月以后，王乃彦接到了前往杜布纳联合所工作的通知。

在王乃彦的心中，钱三强先生是一位科学造诣很高，高度敬业，责任心极强，大公无私的领导，当年坚持派送王乃彦去杜布纳联合所学习与工作，是从培养人才的角度出发，当时，国内高能物理实验室和理论物理实验室都已经派出科研工作者去杜布纳联合所，唯独中子物理实验室还没有任何人前往杜布纳联合所工作，在钱三强先生的坚持下，王乃彦成为国内中子物理实验室派往杜布纳联合所的第一批科技工作者。王乃彦临行之前，钱三强先生虽然工作十分繁忙但还是把王乃彦叫到办公室，特意叮嘱王乃彦："去了杜布纳联合所，一定要记得努力学习和工作，给祖国争光！"

王乃彦（左）与吕敏（右）

在杜布纳获年终奖

　　1959年的深秋，王乃彦以及其他十多位科技工作者乘上北京开往莫斯科的火车由我国内蒙古的二连浩特换车，前往杜布纳联合所，同行的还有王淦昌的夫人王师母。时至今日，王乃彦依然清楚地记得，他们在火车上坐了几天几夜，途经美丽的贝加尔湖，火车上播放着优美动听的苏联歌曲，本来一切都那么美好和轻松，然而王乃彦的内心还是有些紧张，总想着怎么不辜负钱先生的期望。火车抵达莫斯科后，王淦昌和周光召先生亲自去接站。一切安排就绪后，第二天，王淦昌先生又亲自带领王乃彦去杜布纳联合所的中子物理实验室拜见实验室主任诺贝尔奖获得者弗兰克院士，两位科学大师相聊甚欢，似乎谈得很融洽。见过实验室主任后，王乃彦又由唐孝威先生带着去见研究室组长，当时，王乃彦的俄文还不是太流利，由唐孝威先生做翻译，组长是要来了解一下，大学毕业三年，被钱三强说的已具有副博士水平的这位年青人，到底懂多少中子物理和中子截面测量，他问了好几个问题，王乃彦都做了使他满意的回答。最后组长笑着对王乃彦说："没想到，你还真是一个专家啊！"其实出国前王乃彦在钱三强小组里做的工作是钱三强在苏联热工水力研究所做的当时苏联最先进的在反应堆上的中子飞行时间谱仪的研制和相应的中子能谱学的研究，而这些当时杜布纳所中子物理实验室还没做过。

随后，王乃彦被安排在杜布纳联合所的中子物理实验室脉冲中子反应堆上从事中子能谱学研究，第一个任务是测量从脉冲堆出来的中子时间波形分布，它是中子飞行时间法测量中子能谱，中子截面的一个重要参数，王乃彦用裂变电离室圆满地完成了测量任务，接着是研制大面积含硼液体闪烁探测器，用于在100米中子飞行站上开展中子全截面和中子能谱学的研究。

在杜布纳联合所中子物理实验室工作不久后，在一次有关银的中子全截面的测量中，苏联科学家们彻底改变了对王乃彦的看法。

据王乃彦回忆，当时实验进行得很顺利，进入数据分析阶段，银的一些共振峰都看到了，最后就要求截面值了。有一天中午他吃饭后回到实验室，组里的许多人在讨论一个问题。当大家算出的银的截面值与美国阿贡实验室的数据相差一倍，所以大家一直在研讨到底是哪里出了问题。王乃彦听到后，想到他在国内做过同样的实验，走过去看了看分析的方法，然后转身对组长说："这个实验数据没有问题，差一倍是因为两个同位素，一个是银-107，一个是银-109，当两个同位素合在一起的时候，差一倍是正常的啊。"组长听了王乃彦的分析后，高兴地差一点儿把王乃彦抱了起来，并惊叹："我怎么没想到这，王，好样的，好小伙！"

1960年，王乃彦通过自己的刻苦努力，获得了中子物理实验室的年终奖，并深受室主任的欣赏。

从1959年11月来到杜布纳联合所到1965年回国，6年的时间里，王乃彦所有的心思都在科研上，除了做实验、读书做笔记，就是参加中国人自己组织的研讨小组。笔记本用了一打又一打，并且在苏联的学术杂志上发表了好几篇论文，其中，在1963年，他所在的实验室室组长去比利时参加国际学术研讨会时提交的一篇论文正是从他和波波夫为主做的实验结果所写的一篇论文。6年的时间里，王乃彦始终没有忘记出国前钱三强先生对他的叮嘱，他要为祖国争光！

弗兰克的教导：科学面前要学会质疑

在杜布纳联合所学习与工作的 6 年时间里，苏联科学家们给王乃彦留下深刻的印象，在王乃彦的心中，最值得学习的一点就是他们面对科学问题时顽强的意志力和自信心。王乃彦认为，20世纪 60 年代，苏联的科学仪器相比中国是要强很多，但是相比欧美依然是落后的，仪器显得很笨重，但是苏联的科技工作者就是有信心和毅力，觉得别人能做到的他们一定也能做到。

王乃彦说，苏联的科技工作者都很刻苦，做实验一丝不苟，他所在的实验室室主任，当时已经是享誉世纪的大科学家，诺贝尔奖获得者、院士，但是，50 多岁的弗兰克依然常常在实验室，在办公室看书，主持室里每周一次的学术研讨会并积极参与讨论，他还经常去实验室看年轻人的实验笔记。当时组里常安排王乃彦值夜班，因为测量工作是几天不停的进行，在他于晚上 9 点踏着积雪走在上班的道路上时，有几次遇见了年长的、尊敬的弗兰克院士走在下班的路上，他们正面相遇，弗兰克没有任何架子，相互道声晚安，说几句话，脱了手套握握手。晚上 9 点多才离开办公室呀！走过去后王乃彦总是回过头来看看弗兰离去的身影，这位他心中敬仰的领导，也曾经是他把自己的材料退回钱先生，认为不该派大学刚毕业三年的年青人来杜布纳联合所的。

对于弗兰克院士，王乃彦非常尊重，有一次弗兰克去王乃彦实验室了解实验工作进展情况时，王乃彦向他汇报了情况，在这大科学家面前显得有些谦卑。然而，令王乃彦没有想到的是，弗兰克用非常和蔼地态度对王乃彦笑着说："王，您们工作进展很好，我很高兴，也很谢谢你对我的尊敬，我告诉你，尊重年长的前辈是非常好的一种品德，但是，你要记住，在科学面前，你要学会质疑，不能盲目地相信一切所谓的权威。我告诉你一个秘密，如果我当年都听我的老师的话，那么我就得不了诺贝尔奖了。"他还鼓励王乃彦："年轻人，好好努力！"

在王乃彦的记忆里，苏联的科学家很讲学术民主，而当时在杜布纳联合所的 6 年，我们中国的科研工作者同样非常重视学术民主。高能物理实验室、理论物理实验室、中子物理实验室等各个实验室的中国科技工作者们经常会组织讨论会，每周大家都会聚在一起，互相说说科研成果以及当时国际上先进的科学成果等。王乃彦还记得，当时大家常常聚在王淦昌先生的家里，王师母为了给大家加强营养，讨论会上还给大家发煮熟的鸡蛋吃。

王乃彦等科研人员深受这种民主的学术氛围的影响，在他们回国后去到九院，大家依然保持着这种百家争鸣的民主学术氛围。

王乃彦的科研水平到底怎么样？回国后就知道了

据王乃彦回忆，1961 年的春天，王乃彦在杜布纳联合所中子物理实验室的工作任务是在离脉冲堆 100 米的测量站上做用液态闪烁探测器测量中子能谱学的研究。有一天，室主任弗兰克走过来跟他讲："你的领导来看你了。"王乃彦才得知，钱三强先生来到杜布纳联合所参加会议。钱三强先生来到中子物理实验室后，弗兰克让在测量站上的王乃彦介绍实验情况，听过王乃彦的汇报后，钱三强先生便问弗兰克："王乃彦在这里工作得怎么样？"弗兰克笑着说："他刚刚得到实验室的年终奖，我和他的组长对他都很满意，至于王乃彦的科研水平到底怎么样，等他回国后你们就知道了!"

1965 年 6 月，由于当时中苏关系彻底紧张，王乃彦及所有在杜布纳联合所的中国人员全部撤回到祖国。在杜布纳联合所的全权代表会上，当中方代表宣布要退出联合所时，王乃彦和弗兰克都参加了那个会，在会议中间休息时，弗兰克走来把王乃彦拉到一边，用带有伤感的语调问他:"王，您们对我们有什么意见，我们做得不对的地方，我们可以改，能不能不离开杜布纳?"王乃彦回答说:"弗兰克教授，我们要撤走是因为我们两党、两国关系紧张，使得我们已经没法在联合所继续工作下去了，这和您我没有任何关系，我们很感谢您本人对我们的关心帮助和爱护"。最后弗兰克还是握着王乃彦的手说"我还是希望您们不走"。这就是他们之间最后一次的谈话和握手了，弗兰克在 1990 年去世，王乃彦于 1996 年访问杜布纳时他已不在世了。

回到祖国后的王乃彦，被朱光亚先生调到了九院。1965 年 9 月，王乃彦前往祖国西北部一个叫金银滩的地方，主要从事核武器试验中近区物理测量工作，以便了解武器的性能并在今后得到改进。在实验部的王乃彦，把核物理的方法以及数学的方法应用到核武器测试上，包括能谱测量，解决了数学计算上的一些难题。1966 年年初，王乃彦参加了氢弹试验中近区物理测试中的几个重要科研项目，圆满地完成了上级交给的任务，多项成果获国家科技大会奖。

1978 年，王乃彦随同王淦昌先生一起调回到中国原子能科学研究院工作，从此开始了他们研究的新阶段:共同从事我国粒子束和激光聚变的研究。他们成功建成了中国第一台 1 兆伏 80 千安的电子束加速器，这是中国第一台低阻抗强流电子束加速器……

如今，已耄耋之年的王乃彦，谈起自己的科研生涯，他觉得自己始终没有忘记钱三强先生对他的期盼与叮嘱："要为祖国争光！"为祖国争光，正是王乃彦一生的科研学术追求……

王乃彦简介：核物理学家，1935 年 11 月 21 日生于福建福州，1956 年毕业于北京大学技术物理系。2003 年荣获何梁何利基金科学与技术进步奖，2004 年获全球核理事会奖。1993 年当选为中国科学院院士。

方守贤：一生追求实现我国高能加速器的梦想

那一代科学家，做人一丝不苟，做科研专注执着。方守贤院士人生历程最大特点是，一辈子只做一件事，一生追求实现在我国建造高能加速器的梦想。

方守贤院士说："在大学时，我阅读了一本苏联文学作品《钢铁是怎样炼成的》，这本书对我的一生影响很大，对我人生观的确立起到了决定性的作用，使得我懂得了一个道理，我们学习的最终目的就是报效自己的祖国。为祖国做贡献，成为我一生科研的原动力，也是我一生都在追求实现我国高能加速器梦想的初心。"

而方守贤院士谈起有关在苏联杜布纳联合所工作的那一年时间，方守贤院士觉得，在杜布纳联合所最大的收获是他掌握了科学的研究方法，懂得了在科研过程中如何钻研问题、发现问题以及解决问题……

在近代物理研究所与高能加速器结缘

1951 年的秋天，方守贤以高分考入上海交通大学物理系。入学之初，学校里数学、物理两个系的学生加起来一共才有 20 多位，于是学校决定将两个系的学生合并在一起上课。在这种授课方式下，方守贤发现，与数学相比，物理是一门有血有肉，看得见、摸得着，内容丰富多彩，并与人类实际生活紧密联系的学科。方守贤觉得这正是他所追求的探索自然的完美途径。

1952 年，全国进行教育改革，在院系调整中，方守贤被调到复旦大学物理系。当年复旦大学物理系的师资力量非常强，有著名教授卢鹤绂、谢希德、周同庆、周世勋等，据方守贤回忆，这些大师不但学识超群，而且讲误时物理图像清晰，逻辑推理严谨，诸多重点、难点，经过这些名师指点，方守贤便觉得一下子就融会贯通了，这进一步加深了他对物理的理解与兴趣。

方守贤在苏时代的照片

1955 年 10 月，方守贤从复旦大学以优异的成绩毕业，被分配到了中国近代物理研究所，安排在王淦昌先生所在的第三研究室宇宙线实验室里工作。1956 年，王淦昌先生建议我国发展高能加速器，于是，抽调方守贤等十余位同志组成了高能加速器预备队，并跨室在邓稼先先生所在的第四研究室理论室学习理论基础知识，这时的方守贤更多的时间在自己调研资料，看国际上发表的最先进的文章，从事高能加速器的设计及研究工作。并且在徐建铭先生的直接指导下，学习电子同步加速器理论设计，这是一项将理论与实验相结合在一起的研究工作，再一次证实了方守贤大学时对物理学的理解与选择。

据方守贤回忆，当年在大学里学习的物理以及数学基础非常薄弱，关于核物理知识更是为零，所以，刚刚分配进中国近代物理研究所的那几年，梅镇岳、戴传真、谢家麟等老先生们常常给他们补习有关核物理及加速器的基础知识，为今后的科研作准备。

在列别捷夫物理所的系统训练

为了发展我国原子能事业，1957 年的春天，国家经过精心挑选，在王淦昌先生的带领下，方守贤在内的十多人被公派到苏联列别捷夫物理研究所实习和工作。到了列别捷夫物理研究所后，方守贤被分配学习与加速器相关的知识并负责初步的理论设计工作。虽然方守贤在出国前已经学习了大量有关高能同步加速器的文章，还做了详细的推导和笔记，但是，进入列别捷夫物理所后，他立即发现自己在国内打下的数学、物理基础远不足以适应工作的需要。

方守贤在列别捷夫物理研究所的导师考洛门斯基是一位非常优秀的科学家。方守贤说，在他的导师身上，他学会了不迷信权威、坚持科学真理的精神，并且通过三年的学习，也掌握了行之有效的科研方法，并打下了扎实的理论基础。

刚刚到列别捷夫物理研究所时，导师考洛门斯基便问方守贤在国内都做了些什么准备，按照方守贤向导师所反映的自己所掌握的相关知识，导师认为他应该具备初步的设计能力。然而，事实上，方守贤却不会从事设计。他的导师便指出了问题的要害，认为他只是掌握了一些死知识，而不会实际应用。方守贤开始意识到：书本上的知识，如果不与实际相结合，是难以学深、学透的，只有将其应用于解决具体问题，才能真正理解和掌握。

导师对方守贤很严厉，开始训练时仅给了他一篇浓缩了的博士论文，要求通过自己的思考把文章里的公式和结论独立地逐个推导出来，只有在实在想不出解的时候，才允许去请教副导师列别捷夫及导师，以提高他独立工作的能力。此外，还安排他去莫斯科大学补习所缺的一些加速器物理基础知识。通过这段时间的磨练，方守贤不但数理基础更扎实了，独立思考解决问题的能力也大大提高了。

通过留苏期间的实习与工作，方守贤在心中萌发了要为祖国建造世界一流的高能加速器的梦想。

从"初级科学工作者"到"中级科学工作者"

据方守贤回忆，他在列别捷夫物理研究所工作期间，在苏联杜布纳联合所工作的王淦昌先生每隔一个月都会去看望他，询问他有关学习加速器的情况，每次还会带着他们到北京饭店改善一下生活……

经过系统学习与训练后，在苏联专家的指导下，方守贤等设计出了一台能量为 2.2GeV、周长约为 200m 的电子同步加速器。当王淦昌先生得知这个方案时，捧着方案激动地说："我们中国终于有了自己的设计了！"但是，令人未能料到的是，1958 年当王

1959 年，在杜布纳联合所参观（左一为王淦昌，左二为方守贤，左三为力一）

淦昌先生捧着方案回国报告时，国内在大跃进的形势下，大家觉得这个方案既保守又落后，在"超英赶美"的思潮鼓动下，国内有人提出要设计一台比苏联当时已有的，能量为 7GeV 的最大加速器还要"先进"的 15GeV 的质子加速器。

于是，王淦昌只好带着国内提出的方案要求再次回到莫斯科，面对这一不切实际的要求，苏联专家都感到惊讶与为难，苏联专家虽然勉强同意帮助中国设计一个以他们已有的 7GeV 加速器为基础的修补方案，而设计能量最多也只能达到 12GeV。面对如此凑合的设计方案，王淦昌敢于坚持科学真理，实事求是地反映情况，希望争取能将这个不切实际的方案改回去。1959 年，方守贤从列别捷夫物理研究所学成归国，回国后的第二天，时任二机部副部长的钱三强先生便将他约到家里询问具体情况，当钱三强听了方守贤的汇报后，连连摇头，当场就果断地否决了这个方案。

恰在这个时期，苏联杜布纳联合所研制成功了世界上第一台中能强流等时性回旋加速器。在王淦昌先生领导下的物理组提出了建造一台适合我国国力，能量为 450MeV 的中能强流加速器，开展介子物理研究。为此，1959 年，钱三强先生再一次派方守贤等前往杜布纳联合所工作。于是，一个以原子能研究所力一副所长为首的加速器设计组被派到杜布纳联合所，在该所核问题研究实验室加速器专家的帮助下进行初步设计。当时，方守贤被分配负责该项目的理论设计。由于他已在列别捷夫物理所经过了 3 年的系统训练，有了一定的设计经验，随力一从国内到杜布纳联合所不久，他便指出，苏联的等时回旋加速器的设计还有 3 处考虑不周，为此还连续写了 3 篇内部报告，令当时该加速器组组长迪米特列夫斯基刮目相看，主动提出要将方守贤由杜布纳联合所的"初级科学工作者"提升为"中级科学工作者"。这一鼓舞使方守贤在探索高能加速器的科研道路上更加自信地奋勇前进……

历经"七上七下"，迎来科学的春天

当方守贤以更坚定的信心要进行更多的科研探索时，中苏关系开始恶化，方守贤所在的设计组在完成初步设计后，便决定回国。

回国后的方守贤被分配到原子能研究所 201 回旋加速器室继续从事等时性回旋加速器的理论研究。这给他提供了从事创新性工作的良好机会，在随后短短的两三年中，方守贤领导的理论小组先后在《中国科学》等杂志上发表了 7 篇高水平的论文。在方守贤看来，这段时间成为他前半生中工作最紧张，最出成果的一段时间。

正当方守贤领导我国加速器理论工作走向国际前沿时，王淦昌先生等提出的 450MeV 等时性回旋加速器方案，却因三年"自然灾害"，中央实行"调整、巩固、充实、提高"八字方针而被"调整"掉了，所有的设计都成了一堆废纸。1965 年，中苏关系彻底破裂。1966 年"文化大革命"开始，国内动荡不安，科研工作者几乎无法做科研。

从 20 世纪 50 年代末到 80 年代初，我国高能加速器的建造经历"七上七下"的折腾，方守贤参与了全部七次加速器方案的论证及理论设计。从 20 多岁的壮志青年到近 50 岁的沉稳中年，为了追逐实现我国高能加速器梦，方守贤经历了 20 多年的蹉跎岁月，有心报国，却难以建树，我国高能加速器的建造仍在起点徘徊。然而，即便如此，方守贤认为这个艰难并且漫长的过程，并非全是坏事。虽然为设计这 7 台高能加速器浪费了方守贤不少精力，但是，它们之中有直线的，有回旋的，有质子的，有电子的，方守贤认为很少有人能像他一样有这样的锻炼机会。而在这个过程中，方守贤在磨难中成长，在实践中积累、扩展、丰富了他的加速器理论知识，为我国建造新的高能加速器蓄势待发。

"文化大革命"过去后，我国迎来了科学的春天。

1981 年，在李政道教授和美国潘诺夫斯基教授等的帮助下，国内的加速器专家建议：在北京建造一台既适合我国国情又能使我国高能物理实验研究进入世界前沿的束流能量为 2.2GeV 的正负电子对撞机，即北京正负电子对撞机（BEPC）。同年 12 月 22 日，邓小平同志批准了这一方案。

这时，正在欧洲核子研究组织（CERN）工作并已取得很好成绩的方守贤，接到高能物理研究所所长张文裕的动员回国信，便毅然决定立即回国，参加 BEPC 的建造，并回信对张所长说："建造高能加速器是我国几代科学家梦寐以求的项目，也是我一生的追求，是千年难逢的机遇。"

当时的管理体制是工程经理制。1983 年，方守贤回国后，立即被任命为 BEPC 工程副经理，分工负责加速器储存环的理论设计，并协助谢家麟经理工作；1986 年 5 月又被赋予经理（兼高能所副所长）的重任，全面负责领导 BEPC 工程。

1988 年 10 月 16 日凌晨，BEPC 首次对撞成功，方守贤的梦想终于成真。

方守贤

10 月 24 日，邓小平同志再次来到高能物理研究所，参加北京正负电子对撞机庆功典礼，在听取汇报后，他发表了对确定我国科技发展路线具有指导意义的重要讲话。对撞机建成后，很快达到了指标，它的亮度超过美国司类加速器的 4 倍。1990 年，北京正负电子对撞机工程获得国家科技进步特等奖。

经过漫长而艰辛的追梦路，终于圆梦后的方守贤，在对撞机建成后的二十多年中，他继续再接再励，为我国的加速器事业发展作出重大贡献，他先后在上海同步辐射光源、BEPC 的升级工程、中国散裂月子源等大型科研装置的推动及建设中发挥了重大作用。如今，尽管他已经进入耄耋之年，但他仍对如何将高能加速器尖端技术直接转换为国民经济服务念念不忘。十多年来，质子加速器已发展成为国际上最先进的放射治疗装备，是对付癌症的有效手段。但是，质子治疗装备是科技含量极高、投资很大的大科学工程装置，一般企业无力研制，必须有国家的大力投入及扶植，进行自主研制，否则中国的市场必将为国外的设备垄断。因此，自 2007 年起，方守贤除了继续操心发展基础研究所用的大型加速器外，还亲自全力推动并领导质子治疗加速器的研究，他期待着国产质子治疗装备能为全国人民健康造福！

方守贤简介：加速器物理学家。1955 年毕业于复旦大学，中国科学院高能物理研究所研究员，北京正负电子对撞机国家实验室主任，曾任该所所长。1991 年当选为中国科学院院士。

钱绍钧：国家选择了我，我也选择了国家的需要

在采访中，钱绍钧不无感慨地说：离开杜布纳已经 60 多年了，20 世纪 90 年代曾多次去俄罗斯访问，都没有机会去那里看一看。许多往事已经记不太清了，但我国科技人员在那里团结互助，刻苦攻关的情景却依然记忆犹新。在钱绍钧的记忆里，几乎所有在联合所工作的中国科技人员都是十分刻苦的，因为他们深知国家对他们有很高期望，希望他们回国后为提升国家核科学研究能力作出贡献。

20 世纪 50 年代中后期，正是我国第一、第二个五年计划时期，国家仍处于百业待兴的发展阶段，不可能有很多的财力、物力来支持基础性的研究。以原子核物理研究为例，当时即便是原子能研究所，科研仪器也十分匮乏，建起"一堆一器"已属不易。高能物理研究只能主要集中在投入较少的宇宙射线方面，而基础研究却是培养创新性人才的重要途径。因此，国家当时确定了利用联合所良好的研究条件和国际交流的环境，加速培养我国核科学技术人才的政策，现在看来，是十分正确的。

杜布纳联合原子核研究所成立于 1956 年 3 月，是由苏联、中国、朝鲜、蒙古、保加利亚等 12 个国家组成的，研究经费由各国分担，其中中国承担着 20% 的科研经费，折合人民币相当于每年需要付 1500 万～1600 万元，对于当时正处于经济发展初期的中国来说，无疑是一笔不小的费用。但中国派往杜布纳联合所工作的科技工作者却比较少，最多时也不过 60 多人。起初被派送人员

钱绍钧

大多是原子能研究所和核工业系统科研机构的科技工作者，后来逐步增加了清华大学、北京大学、北京航空航天大学、兰州大学等高校的教师和科研人员。

钱绍钧刚到杜布纳联合所不久，就发现中国科技人员在那里享有良好的声誉。他们中的许多人，或单独，或与成员国同事一起，在科研工作中做出了很好的成绩。当时王淦昌先生已经回国参加核武器的研制工作，但他在杜布纳联合所的影响仍然很大。在与苏联以及其他成员国同事的交往中，几乎所有人都会提到王老对杜布纳联合所建设的贡献，提到他带领的研究组发现反西格马负超子的重大成就。周光召、丁大钊、王祝翔等同志的业绩也受到外国同事的称道。这些也说明中国向杜布纳联合所派出科技人员的工作是成功的。

在异国他乡的环境中，中国科技人员自然形成了一个凝聚力很强的集体。在党支部的领导下，大家在生活上互相关心，工作上互相帮助，不仅增强了团结，也为克服种种困难提供了精神支持。他们还有一个好的做法，那就是定期分专业召开内部学术研讨会，互相交流各自所在研究室、组的科研工作情况和进展，研讨相关科技领域的发展前景。钱绍钧参加过许多次高能物理组的研讨会，张文裕先生也常来参加。研讨会学术民主气氛很浓，大家可以畅所欲言，各抒己见，也常见不同意见的争论，对于启发思路，开阔眼界有很大的好处。研讨会还经常帮助新来的同志出主意、想办法，让他们尽快适应新的工作环境，参与所在室、组的主要科研项目，这也体现了中国科技人员团结协作的集体主义精神。

钱绍钧是 1962 年 11 月去该所工作的。这一批派去的大多是高等学校的老师。当时，张文裕先生已经接替王淦昌先生担任中国专家组的科技领导人，他在该所高能物理实验室还带领了一个由中苏两国科技人员组成的研究组，利用该实验室 100 亿电子伏特的质子同步稳相加速器产生的次级中性粒子束流研究奇异粒子产生及其与其他基本粒子的相互作用。钱绍钧奉派给张文裕先生当助手，他认为这是组织上，也是张文裕先生对自己的信任，同时又十分担忧自己能否胜任。毕竟对他来说，无论在理论上还是实验上，高能物理都是以前从未涉足过的新研究领域，他只能从头学起。好在有张文裕先生的直接指导，有同组老同志严武光、杜远才的大力帮助，才得以度过起初最困难的时期。他刚去时，研究组的工作已经走上正轨：中性粒子束流已成功引出；探测器用的是王祝翔同志研制的丙烷气泡室，即将完成整修；加速器上的实验即将正式开始。为尽快融入研究组的工作，逐步掌握工作的主动权，他一方面结合组里的课题研究，努力学习有关基本粒子的理论知识，另一方面积极参与组里的实验工作，认真学习在加速器上开展高能物理实验研究的相关技术，以及事例筛选、径迹测定和计算机数据处理的技术、方法。其间，他和一位苏联同事共同负责 Λ 超子和 K 介子的共振产生机制的课题，从课题选择到实验方案制定，再到实验数据的获取和分析，走过了研究的全过程。遗憾的是，由于积累的事例不足，最终未能给出明确结论，但他认为，这一课题的研究对提升自身实验研究的能力，还是有重要作用的。

杜布纳联合所研究领域十分广泛，涉及原子核物理、基本粒子物理、加速器技术、计算机技术、放射化学等众多学科，所里各实验室的学术讨论活动也比较活跃。此外，还经常组织国际性的学术活动。这些都为钱绍钧提供了很好的学习机会。尽管有些讨论会的主题看起来与他当时从事的研究领域相去甚远，但对拓展自己的知识面，学习其他领域的研究思路和方法，仍然是十分有益的。例如，他曾去旁听该所核反应实验室的学术讨论会，对该实验室开展的超重元素研究，包括超重元素的产生、超微量核素的分离、超短寿命核素的测量等技术都十分感兴趣。有意思的是，这方面的知识对后来他从事核试验放射化学诊断工作，还是有所帮助的。

　　钱绍钧在杜布纳联合所工作期间，正值中苏关系持续恶化的时期，中方科技人员在杜布纳联合所的工作自然也受到了影响，期间发生的最严重事件是苏方驱逐我党支部书记姚毅同志。由于多数苏联同事对我们仍比较友好，科研工作总体上还能正常运行。

　　1965 年，随着中苏关系进一步恶化，我国决定退出联合所，全体中国科技人员旋即回国。

2004 年 9 月 7 日罗布泊考察留念

　　回国后，钱绍钧先是分配到原子能研究所高能物理实验室工作，1966 年 3 月又奉调去核试验基地从事核试验放射化学诊断工作。在当时，能参加核试验工作，对于任何一个科技人员都是莫大的荣耀。但核试验放化诊断与高能物理毕竟在专业上相去甚远，他必须再一次改行。

钱绍钧一直认为，他经历的每一个岗位，对他来说都是财富。现在回想起来，在杜布纳联合所两年半内学到的有关高能物理知识和技术确实是用不上了，但这段工作对他坚定以国家需要为己任的责任感，养成良好科学作风，培育团队精神，掌握科学研究的正确思维和方法，提高科学研究水平，都是大有收获的。就某种意义上可以说，杜布纳联合所的两年半工作，以及此前诸多岗位的工作，都是为他后来参加核试验工作做了必要的准备。

1966年初，钱绍钧奉命前往核试验基地工作时，基地研究所在程开甲等老一代科技专家的领导下，已经圆满完成前两次核试验任务，各方面的建设也都有了一定的规模和基础。一支以比他更年轻同志为主体的科技队伍经受了艰苦创业的考验和团结协作、顽强攻关战斗精神的洗礼，尤其令人震撼的是大家对工作那种火一样的激情，充分体现出他们对发展核试验事业的强烈责任心、自豪感和为打破美、苏核垄断贡献青春的崇高思想。

在核试验基地他接受的第一项工作是研究空爆烟云样品中的核素分凝现象。那时核装置裂变燃耗测量的方法已经初步建立，但空中和近地面试验中，不同取样方式得到的样品测出的燃耗差异很大，初步判断是核爆炸中核素分凝的影响。国际上普遍认为，这种影响主要源于不同核素在烟云冷却过程中冷凝行为的差异，表现为核素按烟云微粒粒度分布的不同，并据此提出了多种核素分凝的理论模型。但由于核爆炸，尤其是近地面核爆炸的现象十分复杂，这些模型都难以完全解释测得的数据。考虑到我国核试验次数少，每次试验分析的样品有限等实际情况，钱绍钧将研究目标限定为利用我国多次空中和近地面试验样品的分析数据，验证已有模型的适用性。为此，他带领课题组研究建立了空中和近地面试验中微量样品粒度分级的技术和流程，研究了多次试验样品中核素按粒度分布的规律，最终确认：空中试验样品中核素分凝因子（或核素间的核素比）与粒度之间存在着对数关联，而在地表或近地面试验中这一关联只存在于某一粒度范围内的样品中。这一结果应用于多次爆高较低的空中试验、近地面试验和地表试验样品的放化分析数据的校正，显著提高了燃耗分析的精度，满足了产品验证的要求。后来，他与课题组的同志又开始研究封闭式地下核试验中核素的分凝现象，发现它具有与空爆试验不同的规律。

在核试验基地，钱绍钧从组长做起，一直到任司令员，在基地一呆就是二十多年，亲身经历了其间进行的各次核武器试验。他最深切的感受是我们国家核武器的发展不是哪一个单位单独能完成的，它是全国大协作的成果。以第一次核试验的测试工作为例，先是核武器研制部门提出试验要求，再由基地研究所根据这些要求提出了83个研究课题，再组织科学院等23个单位联合攻关。试验中的测试、取样、控制用的1000多套仪器设备，都是各有关单位大力协同研制出来的。钱绍钧还认为，民主的学术氛围对于科研攻关十分重要。科技人员之间平等讨论，在讨论中互相学习，每个人的智慧和创造力都被高度激发出来，很多好的想法和思路就是在这样的争论中产生的。钱绍钧觉得，他们那代人很单纯，也很简单，大家在一起搞科研，没有私心，更不计名利，所有人可以在一起民主地讨谈论学术问题，这十分有利于集中集体的智慧，攻克科技难题。

钱绍钧简介：实验原子核物理学家。1956 年毕业于北京大学。1962 年至 1965 年在杜布纳联合所工作，1966 年 3 月调入核试验基地工作，先后主持完成了核爆炸中放射性核素的分凝规律、核材料燃耗测定等课题的研究工作。1995 年当选中国工程院院士。

何祚庥：集体的力量，科学的方法

1956 年 12 月，何祚庥被调到中国科学院物理研究所任 8 级助理研究员。后在 1958 年，物理研究所改称原子能研究所。报到以后，钱三强就问何祚庥愿意干什么，他说愿意做科学工作。钱三强先生说："太好了！你们这些人出去这么多年了，物理都忘了，很多人都不愿意做，而你愿意做，很好。"在当时，大部分的从全国调来的人员都已经干了好几年的革命工作了，只愿意做一些行政工作，而何祚庥愿意留下来做科学研究工作，于是就被分配到实验室。

刚开始带何祚庥做研究的是彭桓武先生，可以说，彭先生对他的培养方法与当时国外的老师带学生的方法很像。与传统的教授方式不同，彭先生不会要求何祚庥去做什么研究，他一般会给其推荐一些领域的文献，何祚庥看过之后再去给他汇报，对看过的内容有什么理解，有什么困惑。师生就这样以每周一次的汇报方式持续了半年，在这半年时间里，何祚庥一直渴望尽快出些成果，所以看了很多文献，也向彭先生汇报过很多问题，但很多都因为很难出成果而被彭先生"拦"住了。最后，终于有一个课题被彭先生认同的，即"μ 子的催化效应"。

虽然在彭先生带他的这半年没有写出什么文章，但这种学习的思路是他终身获益的。哪些问题是可以做的，哪些问题是做不通的。何祚庥由此认识到，第一，挑选有价值的题目，第二，找到与国外竞争的问题，这在研究中是非常重要的。后来，彭先生太忙了，就换朱洪元先生指导何祚庥。

过去中国落后，没人懂量子力学，彭桓武从国外回来，开了个量子力学讲习班，中国各大学校才开量子力学课。至于量子场论，没人开得出来，还专门在青岛办了一个粒子物理讲学班，何祚庥去当助教，全国有 30 多人前来学习，这样，中国才开始有量子场论。当时，何祚庥所在的组是基本粒子组，先洪元任组长，一共有 4 个人。尽管在朱先生的领导下出了一些成果，他们仍然感觉到科学知识的欠缺。为了获得更多的学习机会，何祚庥积极建议大家一起到杜布纳向苏联学习。对于这个建议，朱先生十分赞成，并向钱三强请示。

合影留念（左三为何祚庥）

1956 年 3 月，苏联的杜布纳联合所改组为由苏联、中国、朝鲜、蒙古、阿尔巴尼亚、保加利亚、匈牙利等 11 个国家的科学家组成的联合原子核研究所。在这 11 国的联合研究中，我们国家承担着 20％的科研经费，若折合成人民币，即相当于是每年需要付 1500 万～1600 万元，这可是一笔不小的开支！国家在那个时候困难得很，而真正懂科学的人又少，几乎派不出人去参加研究。钱三强清楚，对于刚刚成立的原子能研究所而言，最迫切的莫过于精于核心技术的专业人士，单单靠他、王淦昌等几个人，单枪匹马是干不出成绩的，未来的工作还有待一批优秀肯干的年轻人。于是，自 1956 年秋冬起，我国先后由中国科学院原子核科学委员会从全国各地区选派赴杜布纳联合所参加工作的科学家和青年 130 多人，其中包括王淦昌、张文裕、胡宁、朱洪元、周光召、吕敏、方守贤等。王淦昌被推举担任该所 1958—1960 年期间的副所长。

经过短期的俄语培训，何祚庥等人于 1959 年乘火车途经东北、西伯利亚，最后抵达苏联的首都莫斯科——这个社会主义革命的中心，列宁曾经生活过的故乡。这是继访苏代表团之后第二次来苏联，雄伟大气的克里姆林宫，庄严肃穆的列宁墓依然让何祚庥的内心激动不已。科学，这个人类打开世界大门的钥匙，还需要大家的不竭探索才能最后真正掌握！

杜布纳联合所位于莫斯科州的杜布纳市，是一个国际原子核科学研究中心。杜布纳联合所共有 7 个实验室，分别有各自的研究方向，包括理论物理、高能物理、重离子物理、凝聚体物理学、核反应、中子物理、信息技术。从 1959 年来到这里，至 1960 年中苏关系恶化，这前后一年多的时间，何祚庥等科学工作者把全部身心都扑在研究上。这其中较为突出的贡献如王淦昌领导的研究小组发现了反西格马负超子；周光召对盖尔曼等人提出的部分赝矢流守定律（PEAC）经以较严密理论上的证明，从而直接促进了流代数理论的建立，并对弱相互作用理论起到了重要作用。何祚庥曾参加的科学问题研究主要有以下两类：一是将普适费米弱相互作用理论应用于具体过程；二是将双重色散关系理论作进一步发展，并推导出具体物理过程的散射振幅所满足的积分方程。

20 世纪 50 年代与周光召（左）合影

在普适费米弱相互作用理论的研究上，何祚庥的主要工作是将具有强相互作用修正的普适费米型弱相互作用于 μ 子俘获或 μ 子辐射俘获现象的研究。他们发现在俘获现象的背后蕴藏着一些前所未知的选择法则，有的涉及角动量守恒，有的涉及费米型弱相互作用的一种特有变换，即费尔兹变换。有趣的是，在 V－A 型的相互作用中，仅对某些类型的弱相互作用保持费尔兹变换的不变性，而在另一些类型中，V－A 型的相互作用却要变换为标量和赝标量型的相互作用。μ 子在质子上的辐射俘获所表现出的特有的选择法则，就和后一种性质有关，而 μ 子的粒子衰变过程的辐射修正的"可重正性"（严格地，这不能称为可重正性，因为对弱相互作用仅取一次微扰），就和前一种性质，费尔兹变换下仍能保持 V－A 型相互作用和不变性有关，亦即在利用费尔兹变换后，可以证明在对新相互作用仅取一次微扰的前提下，由电磁相互作用而引起的任何高次的辐射修复的发散项可以归结为相互抵消的发散项。但对于中子的衰变过程，n→p→ē→ṽe 类型的 V－A 的相互作用，甚至其最低次的微扰，也都是发散的，其原因就在于中子衰变的过程中，V－A 相互作用在费尔兹变换下将将变换为标量和赝标量的相互作用。所有这些结果，他们均是在 1959 年至 1960 年间得到的。而关于这些特性的详尽的讨论却要迟到 1968 年至 1969 年，在马夏克教授的那本著名的《粒子物理中的弱相互作用理论》一书中，才得到详细的阐述和研究。

1959 年至 1960 年，在粒子理论研究中正是双重色散关系理论特别活跃的时期。那时，美国著名的粒子物理学家邱和门德尔斯坦从双重色散关系的表示公式里，近似导出一个有关 $\pi-\pi$ 散射的非线性的积分方程，并且发展了一系列求解这个方程的方法。但何祚庥等人发现，在他们所给出的非线性积分方程中，却存在着一系列的双重积分未进行仔细计算。经过仔细研究，何祚庥发现只要"交换"一下这一双重积分的积分次序，就可以将这一双重积分解析出来，且是一系列的发散积分。这就说明了邱和门德尔斯坦所推导的"权威"方程是不正确的。之后，这一工作在

1960 年国际会上受到了高度肯定。在杜布纳一年多的学习时间里，何祚麻共写出了近 10 篇高质量的论文。通过输送人才赴杜布纳联合所学习，我国在培养核科学工作者上取得了较大的收获。

何祚麻简介：粒子物理学家，1951 年毕业于清华大学。1956 年调入中国科学院近代物理研究所，1978 年调入中国科学院理论物理研究所，曾任理论研究所副所长。1980 年当选为中国科学院院士。

冼鼎昌：走进现代科学

"我是 1959 年 1 月，坐火车前往苏联莫斯科，去杜布纳联合所工作的。火车走了一个多礼拜，沿途，我们看见了美丽的贝加尔湖，火车上的广播里还放着优美的苏联歌曲。抵达莫斯科的当晚，下了大雪。我出生在广东，从来没有感受过如此寒冷的天气，但是我的心里却有一团火。年仅 24 岁，能够得到组织的信任，派送到杜布纳联合所学习，我自己自然是有一种自豪感，以及我对杜布纳联合所现代科学工作的期待。还有一点，我对古典音乐有着狂热的喜好，我想，在苏联可以有机会更亲近地感受……我把这份光荣感与期待都化作一种激情，填满了我年轻的胸膛。"

走进原子能研究所

1952 年，冼鼎昌考入北京大学物理系。那年高校的院系调整结束，清华大学、燕京大学等校物理系的名教授集中到北京大学，其中，黄昆先生讲普通物理、王竹溪先生讲热力学和统计力学、胡宁先生讲电动力学等，在如此六阵容的名师教学下，冼鼎昌打下了厚实的物理理论基础。

1955 年初，由于国家发展原子能事业需要大量人才，由钱三强为团长组成代表团，到苏联考察在大学中设立的有关专业教育和原子能研究院所。回来后国家决定在北京大学成立一个专门培养原子能科技人才的机构，对外称物理研究室 6 组，也就是后来的北京大学技术物理系，由胡宁教授任系主任。当年招生，第一届学生共 97 人，都是从全国各大名校物理系选出的优秀三年级学生。这是新中国自己培养的第一批核物理专业的学生，冼鼎昌有幸成为其中的一名。该研究室的授课老师也都是从各大学校抽调来的最杰出的核物理专家，其中有朱光亚、虞福春、卢鹤绂等教授。又经过物理研究室一年的培养，给冼鼎昌在核物理的理论与实验两方面打下了良好的基础。

吕敏、王祝翔、罗文宗、冼鼎昌与科学家之家服务员合影

1956 年，冼鼎昌从北京大学毕业后，分配到了中国科学院近代物理研究所工作，师从朱洪元先生，在粒子实验室作粒子物理学的理论研究。1958 年，苏联塔姆院士来访，介绍了美国科学家费恩曼和盖尔曼提出的弱相互作用新理论。何祚麻、冼鼎昌随朱洪元先生在这个理论的框架上系统地研究了 K 介子和超子的衰变产物的角分布、μ—介子在质子上的辐射俘获等弱相互作用过程，

取得了科学研究的最初的经验。当年夏天，冼鼎昌还作为朱洪元的助教在青岛举办的粒子物理及核物理讲习班上讲解费米子的二次量子化理论。在 1959 年去杜布纳联合所工作之前，应该说，冼鼎昌已经具备了一定的对科学探索与实验的能力。

走进现代科学的"城堡"

1959 年 1 月，冼鼎昌与何祚庥一同经过一周的路程抵达莫斯科，由莫斯科学生会安排在一家小旅馆住下，第二天便坐大巴到达了杜布纳联合所。在杜布纳联合所工作的两年时间里，冼鼎昌在马尔科夫院士的小组里做研究工作。他的第一项研究工作是估算杜布纳联合所的当时能量为最高的 10GeV 加速器上能够产生的各种新重子的截面。这是强作用过程，对冼鼎昌来说是新的领域。他很快用统计模型做了估算，为实验物理学家提供参考。在粒子散射过程的试验数据分析中，分波法是常用的手段，关键是判断需要计入的分波数，在终态只有 2 个或 3 个粒子时有成熟的规范，但在高能实验中终态往往有 3 个以上的粒子，如何判断，是一个有待解决的问题。冼鼎昌提出了一种方法来解决这个问题，引起了实验专家的重视。

在杜布纳联合所工作期间，冼鼎昌还做出了另外一个成绩。

1959 年至 1960 年，在粒子理论研究中正是双重色散关系理论特别活跃的时期。那时，美国著名的粒子物理学家邱和门德尔斯坦从双重色散关系的表示公式里，近似导出一个关系 $\pi-\pi$ 散射的非线性的积分方程，并且发展了一系列求解这个方程的方法。在朱洪元先生的带领下，何祚庥与冼鼎昌发现，他们所给出的非线性积分方程中，却存在着一系列的双重积分未进行仔细计算。经过仔细研究，冼鼎昌他们发现，只要交换一下这一双重积分的积分次序，就可以将这一双重积分解析出来，且是一系列的发散积分。这就说明了邱和门德尔斯坦所推导的"权威"方程是不正确的。之后，这一工作在 1960 年国际高能会上受到了高度肯定。

在杜布纳联合所工作的两年时间里，冼鼎昌不仅勤奋好学，而且他善于与人交往，他时常去莫斯科听音乐会，也常常与其他国家的科技工作者们一起交流对古典音乐的心得，这些都使得杜布纳联合所对他有很好的印象。

新中国成立后，中国在国际学术界上被西方一些国家孤立，而老玻尔崇尚学术上的平等、自由，凡是有才者他都希望请到他的研究所里工作交流。他对研究所里一直没有来自新中国的物理学者深感遗憾。时任中国科学院副院长，也是老玻尔的老朋友的吴有训向他表示，中国愿意接受丹麦方面的邀请，派遣中国学者前往哥本哈根进行学术交流。老玻尔于 1961 年邀请了冼鼎昌到他的研究所工作，于是，还在杜布纳联合所工作的冼鼎昌作为苏丹两所的国际交流团成员之一，于 1962 年来到了位于哥本哈根的玻尔研究所。

在那里他从事散射振幅解析性和对称性模型的研究，与小玻尔（A. Bohr）及格拉肖（S. Glashow）结下深厚的友谊。

在与老玻尔和小玻尔两代人的接触中，冼鼎昌感受到了他们对于中国和中国人民的友善。热爱音乐的冼鼎昌与同样热爱音乐的老玻尔和小玻尔的夫人成为了好朋友。

在冼鼎昌的记忆里，玻尔和他在丹麦最后一次的谈话大部分内容是关于新建立的 DNA 结构。面对玻尔书房里的双螺旋模型，冼鼎昌对玻尔所讲的内容大部分不懂，没想到 40 年后他自己的工作也跑到和生物大分子交叉的领域中了。在哥本哈根理论物理研究所有一个关于色散关系的系统讲座，小玻尔虽是搞原子核理论的，但对色散关系发生了兴趣，从头到尾去听了这个讲座，不但认真记笔记，讲座完毕后还花时间写了总结。在此过程中他们时有交流讨论，冼鼎昌得以详细观察一个杰出科学家的思维过程，从中得到不少教益。

在杜布纳联合所与玻尔实验室工作期间，做实验固然重要，但对于冼鼎昌来讲，他最大的收获是走进现代科学的"城堡"里，他学会了提高对科学问题正确判断的能力以及探索与解决问题的能力。

走进同步辐射

1964 年，冼鼎昌回国，回国之后，他一直继续粒子理论的研究。1965 年，他作为一名主要助手协助朱洪元进行"层子模型"的研究。"文化大革命"过后，冼鼎昌于 1980－1981 年出国访问，在纽约州立大学（石溪）理论物理研究所任研究员，访问了纽约市立学院和费米国立实验室。1982 年，他又应聘到比利时布鲁塞尔自由大学物理系，开展了格点规范场理论的研究。

1984 年秋，冼鼎昌再次回国，并因国家科研的需要，转入同步辐射应用的领域。80 年代初，国家决定在北京高能物理所建造一台正负电子对撞机。对撞机是为高能物理实验研究用的，它在运行时有一种极其宝贵的副产品——同步辐射。同步辐射最初被认为是妨碍加速器提高能量的祸害，是不受欢迎的。后来经过一段时间的研究，科学家逐渐认识到，同步辐射的出现为广大的科学技术学科带来前所未有的新机遇，大大促进了科技前沿的发展，是一个革命性的新光源。在世界上，凡是有条件的国家无不在大力建造同步辐射设备和发展同步辐射的应用。因此，在 80 年代建造北京正负电子对撞机（BEPC）时，国家便制定了一机两用（高能物理实验、同步辐射应用）的建造方针。到 1984 年，在 BEPC 项目中，加速器和高能实验谱仪的建造已经在进行，而同步辐射部分还没有落实，连负责人也没有落实，原因大约是同步辐射牵涉面太广，而责任又太大的缘故。

1977 年院士会议期间联合所同事合影
（左起：王乃彦、唐孝威、何祚庥、杨扶清、丁大钊、吕敏、冼鼎昌、方守贤）

1985 年夏天，冼鼎昌正式担任同步辐射项目的主任，也正式开始把自己朝一个"大杂家"的方向"改去"。冼鼎昌坚持一面学、一面讲，不但自己讲，还请进外单位的专家讲，请国外来访的专家讲，每个星期都不间断。几年下来，冼鼎昌的确把自己变成了一个杂家，初步的光束线设计也可以做，单色器也可以领着学生去设计、加工、安装、调试，插入件的课程也可以讲，甚至连储存环里的电子运动对光源的影响也讲过。有人说冼鼎昌有讲课的癖好，其实他是用讲课来强迫自己学习。

20 世纪 90 年代，同步辐射装置赶上与正负电子对撞机、高能粒子探测谱仪一起通过了国家验收，中国成为第一个建成同步辐射装置的发展中国家。BEPC 的建成，设备本身固然大大促进了中国科技的发展，更为重要的是，通过这个项目培养出一支优秀的、有实践经验的加速器、高能粒子探测谱仪和同步辐射设施的专家队伍，这是中国科技界的一笔十分宝贵的财富。

冼鼎昌简介：理论物理学家，同步辐射应用专家。1956 年毕业于北京大学物理系。1990 年获国家科技进步奖特等奖，2002 年获何梁何利基金科技进步奖。1991 年当选为中国科学院院士。

王世绩：天下古今之人，未有无志而建功

从首都北京到苏联小镇杜布纳，从青海金银滩草原到戈壁大漠，从四川大山深处到中国第一大城市上海；从原子能物理拓展、外场核武器试验到激光等离子体物理领域探索，从惯性约束聚变物理到我国高功率固体激光器建设，一干就是 60 年，时时处处事事，一如既往熔铸"责任"二字，肩扛"使命""担当"。

王世绩

他就是中国实验核物理学家、核物理测试和激光惯性约束聚变（ICF）研究的卓越创建者和实践者之一、中国科学院院士、中国工程物理研究院（简称中物院，俗称九院）专家委员会委员王世绩研究员。

远赴杜布纳：厚植科研素养

机遇总是光顾有准备的人。

1956 年 9 月，王世绩从北京大学原子核物理专业接受"特殊培养"后，被分配到我国当时唯一从事原子核科学研究的单位——中国科学院原子能研究所工作。他有幸先后参加我国第一台重水反应堆、第一台零功率堆（DF－1）的安装、调试等工作，并承担了 γ－谱仪、β－γ 绝对测量装置、中子探测器等测试仪器的试制。

1959 年 11 月，机遇之门再次为王世绩打开，他被选派去苏联杜布纳联合所工作。

20 世纪 50 年代末 60 年代初，苏联的科研基础水平和工程技术水平同其他社会主义国家相比要强大得多、发达得多，作为社会主义的"老大哥"出于巩固社会主义阵营的需要，把自己在杜布纳已经建成的研究所拿出来进行联合共同管理。1956 年 3 月 20 日，苏联等 11 个国家在莫斯科举行成立联合原子核研究所问题的国际会议。26 日，刘杰代表中国在 11 国《关于成立联合原子核研究所的决定》上签字。按照约定，包括中国在内的国家每年要缴纳数额不等的经费，主要用于支付研究所的运行、工作人员的工资等开支。

王淦昌、唐孝威、周光召等早在 1956 年就前往杜布纳联合所开展工作。1959 年 1 月 20 日，王淦昌当选为副所长。该所副所长原则上是 12 个社会主义国家轮流担任的。因为中国是大国，王淦昌是第一批去的，直到 1960 年卸任回国参加我国原子弹攻关。周光召任中方党支部书记。那时，杜布纳联合所的行政领导实际上也是周光召。王淦昌是副所长，不分管行政，不具体管理中国人。当时，中国驻苏使馆的科技参赞主管杜布纳联合所的工作，周光召具体管理中国人的工作，每年通过召开管委会等方式进行管理，包括经费、人员的管理。

1959 年，我国组织人员到杜布纳联合所工作或者留学，是驻苏联大使馆和二机部（后来更名为核工业部）负责的，科技人员主要来自中国科学院原子能研究所，也包括其他地方原子能研究单位。1959 年以前，我国去的人比较少，也就几个人。1959 年时，国家打算派更多的人，先后有好几十个人去。虽然1956年6月苏联已经停止履行中苏国防新技术协定，但鉴于杜布纳联合所不仅仅是中苏两国的事，还有很多东欧国家，没有受到太大的影响。当时，12个国家均派代表团出席会议，总领导一直由苏联原子能总局担任。总体上讲，杜布纳联合所的运转基本正常。

王世绩到达杜布纳联合所后，同陈铁镛、曾乃工一道被安排在中子物理实验室工作。当时，杜布纳中子物理实验室没有分过来，是第一次把中国人派进去，在杜布纳快中子反应堆上进行工作，因为快中子反应堆当时在苏联对中国等都是保密的，中国过去派了很多留学生、实习生去实习，还没有人正式进入到快中子反应堆领域。周光召考虑到这个情况，把他们3人派到快中子反应堆学习。周光召担心苏联不接受，就请王淦昌以副所长、中国负责人身份领王世绩到实验室去。王世绩他们第一次去实验室就是王老亲自带着去的。实验室总工程师觉得没有问题，就直接安排工作。对王世绩来说，这是一个非常好的学习机会，因为过去中国没有人真正掌握这个，苏联也没有介绍，即使介绍的也是一般的热中子反应堆。快中子和核武器比较接近，因为核武器本身就是核武器反应堆，但是它是不可控的，但理论是接近的。

到1961年，这个反应堆开始正式运行。周光召决定把王世绩等人抽出来，安排他们搞物理，就是在反应堆上做物理工作，这本身是两个不同的领域，一个是搞反应堆工程，一个是物理的基本研究。回国后，陈铁镛在中国核动力研究设计院工作，曾乃工留在中国原子能科学研究院。

那段时间，王世绩十分珍惜难得的实践机会。一方面，始终谨记肩负的责任，为国家原子能事业发展积累人才、技术储备；另一方面，尽可能多地掌握快中子堆的相关理论、工程知识，以期将来为国效力。客观地讲，他当时的工作压力是比较大的。还好，当时具备一定的基础理论，加之了解热中子堆工作原理，就根据这些资料去想象如何搞快中子堆。那时，周光召的数理功底非常扎实，虽说对快中子堆不太懂，但只要你告诉他是怎么回事，他就马上能明白，而且能提出自己的看法。周光召说，凡是理论计算问题，都可以找他。

1959 年，中苏两国关系开始出现裂痕。但对杜布纳联合所的科研人员的直接影响不是太大。王世绩感觉同事间关系还非常好，没有"不一样"的感觉，直到"反修"开始，才觉得国家关系对各方面的影响越来越明显。

王世绩是以工程师身份出去的。中国人是按照苏联人的工资标准拿钱的，比国内工资要高很多。当时，杜布纳联合所工作人员的工资分为几档，第一类是苏联人的标准，中国人完全一样，东欧国家的工资比苏联人高 1 倍，因为那时候东欧的生活成本比苏联高。当时，国内工资比较低，王世绩一般能拿到 156 卢布，折合人民币 300 多元。工作中，他感受最深的就是"服从"和"责任"。在实验室，就是组长安排工作。决定下来，你就做，有什么问题就找他。在杜布纳，他的工作分为两个阶段：第一阶段学习、了解反应堆的设计、运行，时间持续一年多；第二阶段转到物理研究做裂变。一般来说，做物理就是跟苏联人到组里，他们的体制就是组长和组员，一个组就是两三个人，搞科研的物理学家就两三个人，其他的是一些年轻的实验员。该体制有些像中国的课题负责人制度，只不过他们的权限更大一些，没有什么行政人员，最多上面是室主任，把你要的经费从室主任那儿划过来，你做什么仪器，设计什么探测器，都是你自己决定，自主权非常大。

1960 年，王世绩（右一）同杜布纳联合所同事在苏联合影

那段时间，王世绩参加了苏联第一台脉冲堆（快中子反应堆）的开堆工作，后来又做了共振中子区裂变参数测量等堆物理研究工作。1963 年，他与苏联同事合作，试制成功首台载镉大液体中子闪烁探测器，采用双筒符合计数、千米中子飞行时间等方法和大裂变样品，降低了裂变物质的 γ 射线本底，能进行高分辨率、高效率和低本底测量，测得了铀、钚共振中子截面，并能测量俘获、裂变比。他非常动情地说："这个大探测器的探测效率很高。当时在苏联，在世界上都是新的。我们把中子飞行 1000 米作测量，所以分辨率很高。得到的裂变和俘获的一些参数，当时是世

界领先的。这个结果受到原子能委员会国际会议特邀去作报告。我尽了一份力量，也得到了很好的评价。中国科研人员给杜布纳联合所留下的印象是非常好的。"该实验数据后来被国际原子能机构（IAEA）国际原子能核数据库收集，王世绩因此获得杜布纳联合所 1963 年科研奖。

这些成绩是令人自豪的。但王世绩深切体会到最有意义的莫过于国家利用杜布纳联合所这个平台培养人才的长远之计，和今后学科研究发展的长远影响。他说："国家给我们的定位，就是希望我们在苏联学习工作以后，将来都能成为科学技术的将帅之才，要能够领导大家一起做科研。培养将帅之才的目标比较明确。"

1980 年 2 月，赴美国参加第三届国际 ICF 会议，途经瑞士时留影

赶赴金银滩：建功氢弹突破

中国工程物理研究院建院初期，周恩来总理就明确指出，"九院事业是涉及中国人民和世界人民的根本利益所在"。

九院要人，全国有关单位无条件服从。王世绩就是在九院最需要时，被二机部副部长钱三强从杜布纳联合所召唤回来的。1964年，他接到中国驻苏使馆电话，二话没讲，就根据国内指示，与曹国桢一道从苏联提前回来了。回国后，他连原子能研究所都没去，因为关系调去九院了，然后给了个地址，就在北京市海淀区花园路。

在北京报到后，王世绩携带少量行装，坐上西行的列车，只身前往青海省西宁市。1964年7月，他到达我国第一个核武器研制基地221基地，任实验部3室9组副组长，协助实验室主任唐孝威，最主要的工作是物理测试诊断。从编评和调研开始，从轻核反应着手，主攻微观核参数测量和研究。1965年春，组建实验部31室，王世绩担任室副主任，实验部领导鼓励他当好助手。该室主攻核试验（冷试验、热试验）近区物理测试工作，同时也承担微观核参数的研究测量与4台脉冲直流加速器的筹建、运行等。他当时就给自己"定岗"：一面担当课题研究，一面协助主任做好组织领导和管理工作。

"现场试验无小事。"当时，国内条件十分有限，一无所有，无可借鉴。核武器试验是一项集理论、实验、工程技术、核电子技术、自控系统等学科于一体的，综合性很强，并要求瞬态一次性成功的高难度任务。个人的力量在这样的任务面前是非常渺小的。党中央和周总理要求："一次试验，全面收效！""严肃认真、周到细致、稳妥可靠、万无一失。"副院长彭桓武说："九院的事业是'集体、集体、集集体'的事业。"需要有一支齐心协力、协同攻关，善打硬仗，集各学科各领域专家和人才队伍集体攻关。

王世绩虽然去戈壁滩现场次数不多，但该室科研任务十分繁忙。创业早期，冷试验任务每月不断，每年还要应对两三次大型国家试验任务。加班加点、挑灯夜战是科研人员的自觉行为，是经常的事。副院长王淦昌、朱光亚等领导经常深入该科室讨论任务。王淦昌就说过："科研人员没有星期天，只有星期六、星期七。"那时，会战"争气弹"、会战戈壁滩时那种工作的狂热和爱国激情，至今令人激情澎湃。

在氢弹突破早期，科研人员多数是刚毕业的大学生，没有实际工作经验，作为已具有丰富经验的实验物理学家唐孝威和王世绩要带领这帮年轻人，从制订物理测试设想方案到器材、加工、外协、测试系统的组装、调试、指标检验、实验标定，以及单机、整机的系统联试，一切均要科研人员自己动手。他作为研究氢弹聚变过程 17.6MeV 高能伽马的时间谱测量的先驱，首位课题负责人，敢挑重担，首创提出采用气体契仑科夫探测原理和方法；为进一步提高信噪比，将探测器设计成多次拐弯；选择合适的气体。

那时，二机部部长刘西尧主抓氢弹，一到北京九所待着就不走，对具体事情了解得非常细。1966 年 5 月 9 日，我国进行了第 3 次核试验。这是一次含有热核材料锂的加强型原子弹空投核试验，也就是一个突破氢弹原理的三相弹试验。王世绩担任核试验近区物理测试组副组长，和唐孝威都去了现场，成功地测定了热核材料燃烧的时间过程。他回忆说："当天下午测试人员完成测试。晚上，刘西尧就把唐孝威和我叫到房间里去，问测量情况怎么样，下一步要怎么做。在跟我们谈之前，他已经听了国外电台对我们实验的评价，所以他知道通过这条途径突破氢弹是不行的。"

如果热核反应的维持时间测出来，从它的强度、脉冲宽度就能判断是不是氢弹。前期，他们设计了一台很庞大的有 1 米直径、拐了几个弯的契仑科夫探测器。因为这个探测器要在很高的低能 γ 本底（约有 20 个量级高本底）下来用，能不能行？他们就拿到北京大学去做刻度模拟实验，把一个大厅都摆得满满的。通过核爆测量，测到了热核反应时间，判断不是氢弹。这些工作为实现毛主席"原子弹要有，氢弹也要快"的战略构想，为我国多路突破氢弹原理节省了不少的时间。

当时，限于国内的工艺等水平，设计的探测器体积特大、重量特大，工作起来很费劲。特别是在现场，为了安装好探测器和屏蔽措施，挖了 7 米多深的坑洞，每天不知爬上爬下多少次。屏蔽工作量很大，需要几吨的沙袋和铅砖，王世绩没有一点主任的架子，和大家一起当"搬运工"。屏蔽工作既是体力活，又是一项重要的技术内容，需要在工号内，地面地下，爬上爬下，穿电缆、搞屏蔽等。

作为实验物理学家，王世绩在科研上具有创新碰硬的功底。他不断探寻，调整物理思想和方案，去伪存真，沙里掏金，解决了强辐射本底的干扰问题。20 多年后，从美国的解密资料中得知，美国科学家也采用类同的物理思想解决此类问题，真所谓"英雄所见略同"。

1967年6月17日，王世绩作为核测试组组长，参加我国第一颗氢弹爆炸试验，见证了我国核武器科技事业的一次质的飞跃。

移师上海：托起人造"小太阳"

"天下无难事，只怕有心人。"

1964年，著名科学家王淦昌提出利用大能量大功率激光器产生聚变中子的设想，开辟了ICF这个全新的研究领域。20世纪70年代初，在我国激光聚变研究领域创建初期，著名物理学家钱学森在评估该领域发展规划时，就远见卓识地指出："这是在地球上人造一个'小太阳'的大科学工程。"

1984年末，王世绩（右二）在神光Ⅰ装置激光打靶试验讨论现场

　　30 年后的 2001 年 12 月 28 日，由中国科学院、中国工程物理研究院共同主持的"神光Ⅱ高功率激光实验装置国家级鉴定验收会"在上海举行，王世绩作工程研制报告，接受严苛的"考评"。

1996 年，王世绩在日本大阪大学激光工程研究所 GekkoXⅡ装置旁

　　当时，神光Ⅱ装置正待命发射，随着装置储能供电系统风鸣器急促的预警声、倒计时的报数声，在近百台各类检测设备指标灯的不断闪烁中，8 束终端通光孔径达 240mm，瞬间输出总功率数倍于全球电网电力总和的强大激光束，在 80m 长、18m 宽、5m 高的庞大空间内，以千亿分之一秒的精确同步时间，经过 150 多米放大传输光程，并在秒级高精度光束导向系统的引导下，在特殊的光学汇聚系统共焦下，射向不足 0.2mm 的热核材料靶丸。此时，焦点冕区的瞬间温度已超过太阳表面的温度。一个"小太

阳"冉冉升起，"神光所至，石破天惊"。

历时 7 年多，当前国内规模最大，国际上为数不多的高性能高功率钕玻璃激光实验装置神光Ⅱ装置通过国家级鉴定验收，所有技术指标全部达到，并部分优于装置研制合同书所规定的指标，标志着"我国在这一领域的有关高新技术综合能力上了一个新台阶，对我国进一步发展 ICF 驱动器具有重要作用和意义。"

1998 年 5 月，中日合作试验取得成功后，
王世绩（右二）在 GekkoXⅡ 靶场合影

此时此刻，王世绩同与会代表、全体参研人员难以抑制激动的心情。他作为神光Ⅱ装置工程研制的项目首席科学家，最能深刻地体味个中甘苦。

1996 年仲夏。神光Ⅱ装置各类激光组件及单元全部进场安装到位并开始了装置的总体调试，但总是不顺。"屋漏偏逢连夜雨。"正当神光Ⅱ装置总体调试陷入困境之际，时任项目首席、联合实验室主任邓锡铭院士积劳成疾，因病逝世。一时间，人心浮动，队伍不稳，给装置的研制增添了新的困难。

王世绩临危受命，面对巨大的压力，毅然决然地出任联合实验室主任，扛起一副重担。他驾驭大方向，保持战略定力，制定大纲方针，不为各种表象所迷惑；他用人识才，凝聚一支队伍，以其特有的人格魅力携手范滇元、林尊琪两位院士及主要业务骨干，凝练出"既要正视存在的问题，通过必要的判断试验，找出原因，采取果断措施予以解决；又要尽可能地不伤筋动骨，不推倒重来，以尽可能小的代价，实现装置原定技术指标"的改进达标总体思路。

全体参研人员克服急躁情绪，遵循科学规律，发扬学术民主，从装置的前级开始，对存在的技术问题一个一个、一级一级地全面清理，鼓励大家献计献策，说错了也不要紧，集思广益，发挥各方面的积极性，完善改进达标总体技术方案。

一分部署，九分落实。仅有正确的思路、好的改进方案还远远不够，最紧要、最关键的是要健全组织实施体制并不折不扣推进实施。王世绩在征求并听取大部分主要研制骨干的意见后，果断调整队伍，增设改进达标现场总指挥（林尊琪院士），并采取包括设立例会制、建立质量保障体系等措施。同时紧紧依靠以胡仁宇院士为组长的"神光Ⅱ改进达标监理组"的指导、督促，戮力同心、上下同欲，一心一意实施改进达标工作。

经过两年的艰苦努力，他带领全体参研人员共自主创新了15项新技术，大幅度提高了装置的总体性能和光束质量，装置8路激光全部达到并部分优于研制合同规定的各项指标，并在改进达标过程中先后安排了基频 ICF 实验，基频状态方程实验、基频 X 线激光实验及二倍频 ICF 实验，既取得好的结果，又对装置进行全面的实战考核，为迎接国家级鉴定验收奠定了坚实的技术基础。

整个神光Ⅱ装置研制的 7 年多时间，王世绩始终和一线工作的研制人员同呼吸、共命运。从前期的条件准备、外协加工、进度协调，一直到后期改进达标的总体决策、队伍组织及体制保障，他始终发挥着核心引领作用，不忘初心，久久为功，"一心一意在一线亲临解决问题"。

2000 年春，王世绩（右二）陪同国防科工委科技委主任
朱光亚（右一）视察联合实验室

7 年多来，王世绩加班加点工作，虽年逾花甲，并患有白内障，但仍然每天晚上骑着他那辆从苏联带回的自行车（同事们戏称为"老坦克"）到研制现场，日夜和研制人员奋战在一起，一年差不多要工作 16 个月。那时，条件差，晚上加班只有 1 元多点

夜餐费，连一包方便面也买不到。至于加班费，那简直就是奢望。在大家的记忆中，就连夜餐费，他也从未领过。

1999 年 7 月，正当装置改进达标工作进入关键阶段，一场百年不遇的特大暴雨肆虐上海地区，加之装置所在实验室周围地势低洼，两个小时的时间，周围积水就超过 400mm。"装置前端系统进水！""装置主放大区段进水！""装置靶场系统进水！"……随着一声声揪心的呼喊，雨水夹带着泥沙涌进实验室，无情地吞噬着装置和各类仪器设备。年近七旬的王世绩带领大家扑向抢险现场，无需动员，大家只有一个信念，"一定要保住国家财产！""一定要保住神光Ⅱ！"由于现场环境的限制，大型抽水设备根本无法施展，人们只能用水桶、水勺等简单工具，用最原始的方式与天灾搏斗，数千桶水愣是用双手盛起。可是，雨依旧不停地下着，积水还在不断地涌进实验室……四五个小时过去了，有的人已经支持不住，疲劳、饥渴刻写在每一个人的脸上，但没有一个人退缩。

"武警战士来了！""消防车来了！"正在危急关头，上海市、嘉定区两级政府抽调 5 台消防车和武警战士协同抢险。最终，险情被排除。

第二天，王世绩又出现在实验室，开始善后清理工作。72 个小时后，改进达标工作又全面启动。

……

其实，为促进核武器发展，自 1977 年 12 月，王淦昌、于敏、胡仁宇等领导到上海考察中国科学院上海光机所，酝酿九院、中国科学院合作开展激光聚变研究之日起，王世绩等就将对国内外激光聚变研究的关注转为实质性的探索、研究，这一干就是 40 年。1986 年 4 月，经中国科学院、核工业部共同批准，他被聘为高功率激光物理研究实验室副主任。4 月 17 日，调任中国工程物理研究院上海激光研究室（现为中国工程物理研究院上海激光等离子体研究所），正式移师上海。

其间，他先后出访美国、苏联、日本等国家，专注于激光聚变研究。1990 年 9—10 月，回访苏联库尔恰托夫原子能研究所等科研机构期间，创造性提出并实施双靶对接方案，解决了当时国际上因折射而有效靶长做不长的难题，取得了国际上同类 X 线激光实验的最好结果。1996 年、1998 年、2000 年，他三次到日本大阪大学激光工程研究所的 GekkoXⅡ 装置上成功实现类镍离子的双靶对接，达到高强度的 X 线激光输出；用双靶对接方案，获取类镍银 X 线激光增益饱和，被誉为"世界最高辉度 X 线激光"，获得日本大阪大学 ILE 进步奖。1999 年 10 月，他当选中国科学院数学物理学部院士。

……

中国的人造"小太阳"成功托起，标志我国 ICF 事业跻身国际前列。王世绩院士还善于把握学科国际前沿跳动的脉搏及发展趋势，曾与 3 位院士联名建议并促成国家科技某重大专项立项，成为我国惯性约束聚变研究的开拓者和领导者之一。神光Ⅲ原型装置、神光Ⅲ主机、国家某重大专项……沿着既定的方向不断前行。

同时，他对我国核工业所取得的巨大成就，对核科学取得的巨大进展也甚感欣慰。核能的和平利用、中国核电事业的蓬勃发展，特别是中国制造的亮丽名片"华龙一号"等，他如数家珍。

2007 年 2 月，参加神光Ⅲ原型装置技术总结会代表合影

寄语后辈：心系国家 成就大业

王世绩院士荣誉等身，先后荣获国家科技进步奖一等奖 1 项、二等奖 2 项、三等奖 1 项，省部级科技进步奖一等奖 6 项、二等奖 2 项，光华奖一等奖 1 项。2002 年 10 月，获得何梁何利基金科学与进步奖。

他无论是作为领导、院士，还是一线科研人员，始终不改淡泊名利、甘于奉献的科学家本色，表现出老一辈科学家"人到无求品自高"的精神境界。他当选为中国科学院院士后，名望和荣誉接踵而来，但他依然保持质朴本色，谢绝所有不必要的应酬和虚名。他唯一兼职的是同济大学理学院院长，而且分文不取地将毕生所学及科研经验倾囊相授。

他语重心长地鼓励、告诫科研事业的接班人，"天下古今之人，未有无志而建功"。作为一名科研工作者，要始终心系祖国，以对国家、对民族高度负责来思考定位，着眼未来，树立远大的目标，只图在个别领域做到国内领先是远远不够的。要"努力将自己锻造成为将帅之才，领导更多的人做更大的事"。

他曾在回顾自己几十年的科学人生时，提出搞科研工作应当做到"五要"：一要有社会的责任心和献身事业的精神。如果没有社会责任心，没有献身事业、拼命干、拼命做的精神，科研工作就做不好。二要服从安排、培养兴趣、求真创新。一个人对科研工作，组织上安排干什么，都要有兴趣，要有求真、创新的思想。对于以大工程、大科学为主的激光聚变研究工作，更多的创新还是集成创新，并在过程中有新的创新。如神光Ⅱ装置有几点是外国人没干过或者未干成，我们干出来的，这就是创新，是在干的过程中解决问题，想出东西有所创新的。三要多问、多想、多聊。向各方面的人学习，向比你懂的人学习，向比你不懂的人也要学习，特别是要虚心学习老同志的经验。四要穷追到底，一丝不苟。科研人员要对工作精益求精，一丝不苟，不能放弃，特别是要穷追到底。如老于（于敏先生）就是什么事情不仅知其然，还要知其所以然。五要抓住机遇。他感觉自己的机遇很好，就是党和国家提供了一个很好的发展条件，这个发展条件就是一个机遇。每个人的一生都伴随着各种机遇，关键是看你抓不抓得住，起不起作用。于敏先生的机遇就是搞氢弹，从原子能研究所调到九院，集中力量突破氢弹，理论部安排他负责理论计算，他就抓到这个机遇并取得巨大成就。总之，机遇来了，就要发挥冲劲、干劲、韧劲，一抓到底，绝不能半途而废。

王世绩院士作为我国核聚变与等离子体物理专家，作为我国X激光实验研究的一位拓荒者，以他85岁的人生历程告诉我们：只有服从国家需要、抓住一切机遇、克服艰难险阻，成功的大门才会为你打开。

强国梦强军梦，中华民族伟大复兴中国梦，是每一个华夏儿女的共同远景。只有不忘初心，砥砺前行，才能早日梦圆。

王世绩简介：著名核聚变与等离子体物理学家。历任中国工程物理研究院研究室副主任、主任，研究所所长、所科技委主任，现任中国工程物理研究院专家委员会委员。1999年当选为中国科学院院士。

罗文宗：心中只有科学与祖国

60 年前的一纸调令改变了罗文宗的人生轨迹。33 年的核工业科研生涯，在他身上打上了深深的历史烙印。他虽然没有惊天动地的业绩。

杜布纳启蒙

罗文宗出生于上海。1937 年日军侵入上海，父亲的工厂被战火烧毁，后父亲去世。母亲带着罗文宗到乡下定居读书。读书期间也饱尝生活的艰辛。1948 年考入复旦大学，毕业后留校任教。1956 年接到调令时，曾经历过家国破灭、颠沛流离生活的罗文宗抱着以身报国的梦想，义无反顾地来到了原子能研究所。刚到研究所的两年中，他如饥似渴地学习放射化学方面的新知识充实自己，1958 年，接到了新任务——到苏联杜布纳联合所去工作和学习。

成立于 1956 年的杜布纳联合所，距离莫斯科有 150 公里。这座著名的国际科学城，周围除了平静的伏尔加河和白桦红松簇生的森林，再无人烟。杜布纳联合所成立之初，是世界社会主义国家联合出资，通过苏联核科研人员指导，其他社会主义国家输送技术人员的方式，联合开展科研，进而实现世界社会主义阵营联合培养核人才、进行核科研的目的。

罗文宗 1958 年被派到杜布纳联合所工作。当时的杜布纳联合所，就是围绕科学城建起来的一个小社会，有家属区、商店、市

在莫斯科一个展览会场

场，也有书店、医院等相关设施，常住人口大约 1 万人。后来我国的原子能科学研究院在北京房山兴建，由一座科学研究院逐渐扩展为后来的一座科学城，与杜布纳联合所的构建如出一辙。

那些年，中国国内陆续派送一些核科研人员到杜布纳联合所。时间不定，人员也不定，都是随机。罗文宗到达杜布纳联合所后，被分配在放化组。当时各国科研人员来到后，都是按照科研和学习领域分组，不论国界。罗文宗同组一共三人，除了一位朝鲜人，还有中国的王蕴玉。而王淦昌担任组长的研究小组也有其他国家的人参加。

在来杜布纳之前，罗文宗在北京中关村的原子能研究所已经开展了两年的放射化学研究工作。当时的原子能研究所工作条件简陋，放化实验室就在一座二层小楼里，楼体已经很破旧了。因此，相比于国内艰苦的科研工作条件，在杜布纳联合所见到的一切，都让罗文宗大开眼界、无比新奇。罗文宗回忆：当时中国的核科研人员能力并不差，只是因为中国核工业处于起步时期，所以杜布纳联合所仿佛打开了中国核科研的一扇窗，两个大加速器更是起到了一定的扫盲和启蒙的作用。

罗文宗的导师教他怎样做实验、送样品、分析实验数据。由于罗文宗在复旦大学四年的助教生涯，已经让他具备了有机化学、无机化学和分析化学的全面知识，所以他在导师初步指导后即可自行做实验了。

一起做实验的过程，导师不着急，罗文宗却很着急。因为国家只给了他一年半的时间，他带着任务来的，时间非常紧迫。导师在的时候罗文宗不好推翻实验方法，按自己的想法来。所以就趁导师休假一个月的时间，把做实验用的直径为 1 厘米的大离子交换柱子，改为直径 2 毫米的小柱子。大柱子一天只可做一个实验，小柱子一天可完成 6～7 个实验，而且实验效果还很好。导师休假回来，看到罗文宗的实验数据，由衷赞叹了中国人的聪明和高效。

在杜布纳联合所，除了公寓，罗文宗去的最多的地方就是书店。他的俄文不好，是来杜布纳联合所之前紧急突击的。他笑称自己是一手带着字典，一手带着会话手册来对付俄语的。他的实验做得很快，但实验报告却得麻烦导师来帮着写，因为自己俄文不灵。虽然语言不是很精通，但俄文书籍他是读得懂的。所以每周逛书店，看到新书和好书，就赶紧买下来，把最新的科研书籍寄给国内研究室的同事，促进国内核科研思想的进步。

"钥匙都掌握在中国人手里"

在杜布纳，作为初级工作人员的罗文宗每个月有 1800 卢布的工资，合当时人民币是 360 元。而当时罗文宗在国内的工资是每月 60 元。代表祖国来参加核科研培训的罗文宗谨遵党员纪律，每月往家中寄 300 卢布（相当于人民币 60 元），剩下的钱除了去食堂吃饭就用来买书。杜布纳一年半，罗文宗的活动路线就是实验室——书店——公寓。回国的时候，罗文宗只带了两个小闹钟、一把多用途的小刀，自己留作纪念，大东西一件没买。所以最后剩下 2000 卢布，上缴给了组织。

杜布纳联合所餐厅提供的是俄式餐，但罗文宗倒也没什么吃不惯的。不过每逢周末，中国来的科研人员都会聚在一起搞中式聚餐。罗文宗回忆，当时在杜布纳联合所的中国人可能有 20 多个，都住在一个楼里。当时的党支部书记是周光召。罗文宗、唐孝威和周光召三个人住在一个套间内——罗和唐住在大间，周光召住一个小间。周末聚餐大家都积极参加，有的人买菜，有的人烧菜，烧好菜以后，一个屋里坐不下，大家就盛了菜，分散到几个房间里去吃。在聚餐之前聚集时，他们一起交谈，讨论实验思路，互相启发。

罗文宗还记得，当时的王淦昌就很让人敬佩。作为从德国留学归来、在国内已经做出一些研究成果，即使在杜布纳联合所也享有很高声望的一位科学家，王淦昌非常虚心。他会找有关的做实验和搞理论的人，去讨论自己的一些想法。

罗文宗回忆，当时在杜布纳联合所的中国科研工作者，一门心思都是搞实验，大家都没有搞娱乐活动的心情。而当时国内号召备战备荒、全民皆兵，杜布纳联合所的中国党支部也响应号召，让大家早上做健身操，抽时间集体组织大家去学习滑雪和滑冰，锻炼身体。

在导师伊采莲指导下工作

当时国内的国庆献礼，大家在杜布纳联合所也是积极响应。王淦昌小组发现反西格马负超子的科研成果，就是当时对祖国的一个国庆献礼。王淦昌小组内两位中国人丁大钊和王祝翔两位中国同志，每天加班到晚上一两点，回去休息一会儿，白天又起来接着做实验。通过细致观察2万对底片，最终找到了两个反西格马负超子，成为当时杜布纳实验室最瞩目的两项科研成就之一。

中国人的勤奋和优秀在杜布纳是有口皆碑的，一个最明显的事例就是——几乎所有实验室的钥匙都在中国人手里。因为他们去得最早，走得最晚。而作为同屋室友，唐孝威的名字也是常在他们实验室的光荣榜上挂着。罗文宗说，唐孝威不仅勤奋，而且有新点子，肯钻研。

"我仍然感到自己做出的贡献少之又少"

1959 年 10 月，罗文宗回到了北京，继续在原子能研究所工作。作为 1956 年从高校选拔的科研人员，他是被当年的复旦大学系主任吴征铠派到原子能研究所的。结果，罗文宗回国后不久，吴征铠本人也被调到原子能研究所工作，他们又意外地重逢了。更巧的是，吴先生带着妻子杨澄一起来到原子能研究所。杨澄还被分到了罗文宗负责的研究室工作，后来蹲点的时候，罗文宗也到杨澄所在的第 5 小组指导工作。这让罗文宗感慨人生的种种巧合，兜兜转转，这些可爱的核科研人员总是能汇聚到一起。

回国后，罗文宗在原子能研究所后处理研究室从事研究工作。1962 年，罗文宗领导组织首次从铀元件中提取纯化钚。随后，经过多年研究实验，他们与清华大学、设计院和工厂科研人员成功完成核燃料后处理工艺热实验，为 1968 年我国建成核燃料后处理中间工厂和 1970 年建成第一座大规模核燃料后处理工厂并一次投产成功打下了基础，为建立我国核燃料循环体系填补了一项空白。此项工作 1978 年获得全国科学大会奖。1979 年在核工业部"保军转民"的部署下，罗文宗领导并参与完成"六氟化铀中杂质元素分析方法研究"。该工作达到六氟化铀分析方法的国际水平，获得 1985 年国家科技进步三等奖。

罗文宗说，当年为了搞核工业，与许多高等学校和科研院所协作，随着后来科研的逐步推进，核心的单位就越来越集中，一支相对集中和精干的单位、人才队伍就是这样建立起来的。

就如同罗文宗是来自复旦大学，汪德熙等院士来自天津大学，一大批来自不同高校、科研院所和其他单位的人进入核工业，随着事业的发展，逐步淘汰和集中，最终留下的核工业队伍，就是我们核工业真正培养起来的人才。

与食品添加厂技术员合影

而中国原子能科学研究院，作为核工业科研的老母鸡，也在这个过程中不断孵化着科研机构和人才。这些人才和机构成长起来后，逐渐分散到祖国各地，支撑着我国核工业的发展。如今的核工业化冶院、中国辐射防护研究院、核工业西南物理研究院、中国科学院高能物理研究所、中国核动力研究设计院以及中国工程物理研究院等 14 家著名的科学研究单位都是从中国原子能科学研究院分离出去的。作为中国原子能科学研究院科研先驱之一的罗文宗，也为该院的开枝散叶做出了自己的贡献。罗文宗作为核工业研究生部的兼职教授，曾带了很长时间的研究生。

回顾自己一生与核工业结缘的事业生涯，罗文宗老人有两个感慨：一是自己所从事的工作专业性太强，涉及面窄，不利于科普和广泛发挥其民用方面的功用。二是感觉自己一生没有做太多的显著贡献，仍感惭愧。正是基于以上两种情怀，老人在退休后干了两件事。

为余姚食品添加厂精制中间产品巴豆醛

一是系统地学习了英文、俄文、德文、日文和法文，退休后一直在老科协担任科技文章翻译工作。二是在浙江余姚的一家民营榨菜厂参与食品添加剂的研制工作。他始终想用自己的科研才能为社会做点贡献，实现真正的老有所为。

在这个民营小工厂里，罗文宗因为结识了一些 20 多岁的"小朋友"而感到快乐无比。他说，这些"小朋友"大多是高中毕业，有的甚至没怎么读过书，我跟他们在一起感觉自己都变年轻了。虽然参与民营企业的产品研制三年间，每年只去两个月，但他跟这些"小朋友"却结下了深厚的友谊。

33 年的核工业生涯，中国原子能科学研究院已经成为他的第二故乡，而核工业情怀也已经融入他的血脉。如果 60 年前没有被选派到核工业，而仍然当一位普通的大学老师，他的生活轨迹是否有不一样的光彩？这一切，他自己无法说清。而他个人对自己核工业的成就与遗憾，也变成了他 80 年生命的一个注解，虽然不惊天动地，但也问心无愧。

核工业发展寄语

现在我国的核事业发展很快，"十三五"的科研经费也很充足，但与之形成鲜明对比的，是我国核人才相对而言还是缺乏。越是任务重，时间紧，越是要注重培养基础科研的人才和干部。要在军民融合的大方向上找到科研的发力点，打好人才基础，厚积薄发。

罗文宗简介：我国放射化学、分析化学家。毕业于复旦大学化学系，1956 年调入原子能研究所放射化学研究室工作。1958 年去杜布纳联合所工作，1959年回国，在原子能研究所先后担任研究室副主任、室主任、所科技委主任，核工业研究生部兼职教授。1962年领导组织并参与核燃料后处理工艺研究，1978年获得全国科学大会奖。六氟化铀中杂质元素分析方法的研究，1985年获得国家科技进步三等奖。1991年获政府特殊津贴。

曹经：一名研习计算机的俄语翻译家

在约见的时间到达曹经老师的家，今年 82 岁的曹老精神矍铄，微笑着迎接我的到来。交流中，曹老声音洪亮，说到尽兴时，他还会高唱俄语歌，让人一饱耳福，而曹老对待人生的那份随性自然也在时光中慢慢铺开。

"周光召的话改变了我的工作方向"

1959 年，曹经在云南大学物理系当助教。那年秋天，系主任告诉他，系里有两个出国进修的机会，一个是去苏联杜布纳联合所，另一个是去苏联莫斯科大学。这两个进修，系主任都只报了他的名字。系里拟定，哪边的通知先接到，就先去哪里。12 月，曹经接到了苏联杜布纳联合所的通知。因此，系里就安排他去杜布纳联合所，并先去北京，到当时的二机部集中。

到北京后，二机部副部长钱三强给他们讲了出国工作的外事纪律。一直等到 1960 年 2 月，曹经才终于接到杜布纳联合所的正式通知，于是，他们一行 12 个人出发前往杜布纳。

原本系里希望曹经去搞核电子学研究，但到了杜布纳之后，当时杜布纳联合所中国工作队党支部书记周光召找他谈话。他对曹经说："你可能不能搞核电子学，因为我们现在迫切需要掌握计算机方面的人员，所以需要你参与这方面的研究工作。"曹经很感意外。他知道，如果搞计算机工作，就可能不像在物理主线上有那么多探索和新突破，只能是按部就班的工作，实际是辅助性质的工作，但他还是欣然应允了。"既然是组织的决定，就必须要服从组织的安排，而且必须要干好！"曹经只有这么简单的一句话。

杜布纳期间拍摄的照片

于是，周光召的话从此改变了曹经的工作方向，他必须要从头学起。杜布纳联合所主要进行高能物理方面的研究，不管是理论还是实验上的各种数据，都必须拿到计算机上进行数据处理。曹经回忆："那时候的计算机不像现在的电脑这么精致小巧。我们使用的 M－20 计算机，在当年是相当先进的，苏联的第二个载人宇宙飞船各种数据计算就是用的这种计算机。但它是个体积比现在的计算机不知大多少倍的庞然大物，占地面积有 180 平方米，上面密密麻麻地插满了电子管。我由于在国内没有学过计算机，只能一步一个脚印踏踏实实地从头学起。"

半年闯过语言关

刚到苏联时，中国驻莫斯科大使馆就对这群留学生提出了要求，要他们必须在半年内俄语过关。

到了杜布纳，曹经才知道杜布纳联合所规定的工作语言为俄语，因此俄语不过关，就不能顺利地开展工作。"去苏联之前没有参加过任何俄语的培训，只是在大学公共外语课学习过一点点俄语，仅仅会33个字母和几个常用的简单单词。想到大使馆的要求和工作的需要，我难免感觉压力非常大。"曹经遇到了困难。

不会说，听不懂也看不懂，工作难度可想而知。但谁也帮不了忙，只能靠自己。"下大力气突击学习俄语，半年内必须闯过语言这道关！"曹经在心里默默下定决心。

于是，他开始背单词，规定每天必须新记住30个单词。为了增加单词量，他买了本很小的俄华词典，天天揣在兜里，一有空就看。为了完成记单词指标，常常背到凌晨2点。除了背单词，他还尽量寻找与苏联人口语交流的机会，主动与杜布纳联合所的苏联工作人员一起聊天，不管三七二十一，大着胆子说俄语，只要一听到他们的笑声，他就知道自己可能又犯语法错误了。不过，当时的他年轻，不会在同一个地方摔两次跤，犯过的语法错误肯定不会再犯第二次了。就这样，在一次次的聊天中，他的口语也愈发流利了。为了尽快提高俄语在工作中的专业水平，他还抢着用俄语做工作记录。如果组里来了波兰、捷克等其他国家的新成员，他也抢着用半生不熟的俄语主动介绍情况。

回想当初的岁月，曹经感慨颇深："由于我的努力，在半年内，我的俄语水平有了长足的进步，终于闯过了语言关。不过，当时并没有想到，后来，俄语竟成为伴随我一生的一门重要的语言。"

专家们的高尚人品

在杜布纳联合所期间，每个工作人员都签了合同。曹经第一次合同期是两年。两年之后，北京原子能研究所副所长力一同志又让他延长了两年。四年之后，力一同志再次跟他谈话，让他再延长一年。因此他在杜布纳呆了整整 5 年。这其间，他遇到很多大科学家，比如王淦昌、周光召、张文裕、丁大钊等。曹经真切地说道："专家们的高尚人品对我产生了深厚的影响。"

曹经回忆王淦昌："王老在杜布纳联合所曾当过一届副所长。在杜布纳联合所工作期间，王老领导的物理小组（以中国人为主）利用乌拉尔计算机，通过分析成千上万粒子轨迹照片，发现了反西格马负超子。我特别崇拜王老。他不但学术上造诣很深，而且非常平易近人，从来不摆架子。他时时关心我们这些年轻人的成长，不仅在工作中给予耐心的指导和帮助，在生活中也对我们关怀备至。"曹经接着说道："王师母也对我们特别好。在杜布纳工作期间，有时候我要在计算机室值夜班，白天回家睡觉。我就住在王老家隔壁。这时候，王师母就经常为我煮了饭喊我起来吃，还说不吃饭怎么行，吃饱饭再接着睡。"几十年后，有一次，身为院士的王淦昌去曹经单位开鉴定会，王老还摸出一颗糖说："曹经，来，给你一颗硬糖吃。"

曹经还记得，张文裕先生是我国高能实验物理的开创人之一，是一个潜心钻研的学者，是北京成立高能物理研究所后的第一任所长。一次，华裔美国物理学家，袁世凯的孙子袁家骝到杜布纳联合所来开会，想要见张文裕。因为当时中国与美国没有建交，通过多方安排，二人才得以见面。见面中，袁家骝竭力劝说张文裕去美国工作，因为美国的实验条件比中国好，容易出成果，个人也容易出名。可张文裕却毫不动容，反过来劝说袁家骝，让他回到自己的祖国。

见证历史的一页

1965年2月，曹经从杜布纳联合所回国，却接到了二机部外事局交给的一项特殊任务——处理杜布纳联合所关系事务。也正是因为这项特殊的任务，他见证了中国从杜布纳退出那历史的一页。

由于赫鲁晓夫撕毁协定，从1960年开始，中苏关系逐渐恶化。在杜布纳的中国工作人员也受到了影响。1965年初，二机部将杜布纳联合所的问题，向中央做了请示汇报。中央做出决策，结束与苏联在杜布纳联合所的合作。

但当时尚有47名中国工作人员在杜布纳联合所，不能说走就走，必须做到有理有利有节。

按章程，杜布纳联合所每年都要举行学术委员会及全权代表会。1965年的这两个会，日期定在五月底及六月初。中南海要求事先准备好我国全权代表在会上的发言稿。外事局把起草发言稿的任务交给了曹经和九院的曹国祯。他们接到任务后立即连夜起草，又反复修改，还多次到国家科委、外交部、中南海请示汇报。文稿经过多方审定后最终通过。

1965 年 5 月下旬，国务院外事办公室向力一同志颁发了由陈毅外长签署的全权证书，任命他为代表团团长前往杜布纳参会。代表团成员还有原二机部外事局局长魏兆麟、张文裕教授、朱洪元教授及中国驻莫斯科大使馆商务参赞处科技组组长朱永行，曹经和曹国祯为代表团随员并承担翻译工作。

但是，在杜布纳联合所 5 月底的学术委员会上，我国两位教授的发言并未引起苏方的重视。

在 6 月初的全权代表会上，我国全权代表力一同志详细列举了苏方存在的八大问题，提出了六条改革措施。但是，苏方仍然不重视我们的发言。而且，在 6 月 6 日大会的闭幕式上，苏方还想通过他们起草的"决议"，就在会议执行主席刚要宣布对"决议"进行表决的那一瞬间，力一同志不失时机地站起来郑重宣布："中国退出杜布纳联合所。从 1965 年 7 月 1 日起，中方不再承担对杜布纳联合所的任何义务。"

曹经翻译完最后一句话，力一同志对各成员国代表礼貌地说了一声"再见"，就带领着 12 位中国人退场了。曹经回忆当时的场景："我还要完成最后一项任务即把我国的退出声明文件放在 12 个成员国的小国旗下。我做完这件事走到出口台阶时，停下来回头望了一下，会场上一片寂静，中国的声明完全出乎代表们的意外，因此个个呆若木鸡。"

会后，在杜布纳联合所的中方工作人员开始安全撤离。6 月

17 日全体人员乘国际列车离开莫斯科。6 月 23 日，曹经他们在北京火车站受到二机部副部长钱三强等领导的热烈欢迎。聂荣臻元帅还在北京科学大会堂接见了全体回国人员。

为什么让我学计算机

从杜布纳联合所回国之后，曹经没有回云南大学，而是被留在二机部。这时，他才知晓了当初为什么要让他去学计算机。原来，二机部原子能研究所早就进口了一台苏联的乌拉尔计算机，但一直搁着没有开箱，就等着曹经回来，让他筹备这些事情。"原来，我的工作使命在五年前就已经被决定了，只是我自己不知道。"曹经笑言。

这台计算机打算安装在位于乐山的 585 所研究基地。1966 年初，这台计算机从北京运到了乐山，曹经也随之到了乐山工作。

那时候的 585 所，建在一座荒凉的山脊上，工作和生活条件都十分艰苦。不过艰苦的环境并没有吓退他们，他们亲手在这里盖起了一间土屋，做临时工作间。然而非常不幸的是，那时正好遇到"文化大革命"，一些造反派的人，不愿到乐山，他们又将乌拉尔计算机运回了北京。从此曹经也失去了那台计算机的消息。

之后，曹经回原子能研究所工作了一段时间。于 1970 年年底，再次来到乐山 585 所，担任理论与计算研究室副主任。

585 所搞核聚变研究，无论是理论研究还是科学实验，都有大量的数据需要计算，可苏联的乌拉尔计算机运回北京后，就只有一台小型的国产计算机。计算机很古老，输入数据，还要打孔，需要十分耐心，才能确保计算准确。当时的计算任务很重，靠这台小计算机根本完不成任务。所以，曹经他们只能经常把数据拿到成都有先进计算机的单位去计算。由于用的是人家的机器，时间不能自己控制，夜里加班也成了常事，但是院里只要有计算的任务，他们都尽全力完成，始终没有拖科研后腿。

除此之外，每年曹经都打报告，希望院里能够重视计算这块业务，腾出一些经费购买新的大型计算机，80年代，院里终于买了一台机器，解决了计算方面一些急迫的问题。

俄语首席翻译

"文化大革命"中，由于曹经有在苏联工作的历史，被一些人说成是修正主义分子，再也无法接触俄语。直到改革开放后，中苏关系恢复，重修旧好，曹经才重拾俄语。由于基础比较好，捡起来很快。院领导也非常认可他，他就成为了院里的首席俄语翻译。所有俄方的接待都是他在翻译，其中还包括接见叶利钦的科学秘书。"因为我的发音很标准，俄方代表听了，有一种天然的亲近感。有一次，院方和俄方签订一项合同，合同只准备了中英版本，没有俄语版本，俄方代表提出：我们两国之间签约为什么不能用中俄两国语言，非得用第三方语言？单位就让我翻译，我当即整理出中文版本和俄文版本，得到了俄方的赞扬，也是给院里挣了脸面。"曹经讲述道。

由于工作的需要，曹经有幸三次重返俄罗斯，参观了那边的很多研究所。在参观、交流中，他发现他们的一些很好的技术，就主动向院里提出引进这些先进的技术。这样既能促进学术交流，也能提高我国的科研水平。

　　1995 年，曹经从核工业西南物理研究院退休下来，有了更加充足的时间来钻研俄语。这时，也正值自费赴俄留学逐渐兴起，当时决定去俄罗斯留学的人很多。而这些从来没有学过俄语的孩子们要去听俄国老师用俄语讲课，当然是一头雾水。于是曹经就开始办家教俄语培训班，自编了非常实用的教材，开始了他的十年家教生涯，前后教过 70 多个学生，解决了他们在预科期间的难题。这些学生至今还和他保持着联系。

　　如今，曹经仍然经常会参加成都俄语圈的一些活动。四川大学有一个俄语角时常会举办些活动，他也经常参加。曹经说："需要多和年轻人交流，告诉他们，中俄之间的桥梁，需要年轻的一代懂俄语的人去建设。"现在每周四，他还会去成都俄罗斯民歌班唱一天的歌，上午自己唱，下午有专门的老师教。"唱歌对人很有帮助，唱歌需要笑起来，也要肺部运动，这样心情好、身体也好，每周的唱歌是我最快乐的时刻。"说到这里，曹经快乐得像个孩子。

接受记者采访

核工业发展寄语

随着社会发展，现在各方面科研条件都比我们当初好太多了，不过要出科研成果也并不容易，因为科研来不得半点虚假。我希望现在的年轻人做一行爱一行，兢兢业业，沉下心来坚持把一件事做好。

曹经简介：毕业于云南大学。1960 年去杜布纳联合所从事计算机方面工作。1965 年回国后，先后担任 585 所理论与计算研究室副主任、科技委常务副主任。长期从事俄语翻译工作，2006年，中国翻译协会向其颁发资深翻译家荣誉证书。

胡力东：科研，是我面对人生的一种态度

1959 年，北京机场清冷的候机大厅里，一个 30 人左右的团队并不那么起眼。这群人中，年仅 26 岁的胡力东眼中满是兴奋，内心充满了对新的科研任务的憧憬与渴望。那时的他自 1955 年复旦大学毕业后分配到北京的原子能研究所，孑然一身。

也就在两个多月前，他突然接到了赴苏联杜布纳参与科研工作的通知。这一纸通知，对胡力东而言意味着什么？杜布纳，全称苏联杜布纳联合原子核研究所。它由世界社会主义国家联合出资，苏联核科研人员提供指导，其他社会主义国家输送技术人员的方式，联合开展科研。显然，在当时这是社会主义核科研的最高规格学术平台。

"当时留给我的时间非常仓促。我俄文一句都不会，临时抱佛脚也来不及了，添置了点衣物，就匆匆出发了。至于去了干什么，怎么干，这些具体事宜，完全不清楚。"时隔 58 年之后，已然年近耄耋的胡力东老人，回忆起这个自己科研事业之梦开始的地方，颇有感触。

老人口述中的平淡

事实上，胡力东出发时的兴奋很快就被到了杜布纳之后的冰冷现实消磨干净。

1959 年时，正是中苏关系交恶，并且已经濒临破裂的前夕，大量的苏联专家已经从中国撤回。但对于杜布纳这个项目，其经

费是各个社会主义国家给的，而我国更是出了不少钱。"对于我们国家而言，花了钱，可是在此前，派出参与其中的人数并不多。如果不好好利用这一平台确实可惜。这时，刚好苏联也提出需要增加一些人。就在这样的机会下，我国派出了比较多的年轻科研人员奔赴杜布纳学习工作。"然而，此时，苏联显然不会真心向这些中国的"阶级弟兄"们拿出什么真东西了。

胡力东被分到了束流组。这个组只有 3 个人，他和两个苏联人。"我感觉，这个组并没有什么实质性的工作，因为我去了这个组，才临时设了一个研制测量磁场仪器的任务，但没有明确的时间节点，也没有进度控制，好像一切全凭自觉。组里的另外两个人，一个是苏联老红军，战争中把腿打坏了。对于我，他还是相当戒备的，基本上很少和我交流。还有一个相对比较年轻，我们还经常探讨一些科研问题。但总体来说，交流也不多。"就这样，胡力东在茫然中开始了他在杜布纳的学习和生活。宿舍、研究室的两点一线，默默攻克俄文的同时，开始翻阅大量俄文资料，摸索课题如何开展⋯⋯虽然，从别人那里能学到的有限，但胡力东自己摸索出了自己的科研之路。

半年多之后，胡力东得到了一次回国探亲的机会，这时大部分中国学者都返回来。而他再次出发回杜布纳时，也就剩了三四个人。他在杜布纳又待了一年多，完成了组里测量磁场仪器的研制任务。1962 年，最后返回国内。"即使在苏联有两年多，我的俄文阅读没问题，但因为缺乏交流，口语仍较差。"胡力东告诉记者。他在杜布纳时期的清冷和孤独可想而知。

此后，胡力东继续在原子能研究所做小型 90 度同位素分离器的研制工作。这项工作是在去往杜布纳之前，他跟随导师梅镇岳就已经有所接触的。3 年的时间，在三四个人的研究组中，仍然是用了大部分的工作和业余时间查找资料、观察、试验，一直到同位素分离器研制成功。此后，这台同位素分离器开始运转，为原子弹研发提供部分数据支撑，"那时，晚上大家需要轮流值班，相当辛苦。"但谈及对原子弹研发做了一些基础支撑性工作，胡老脸上露出了欣慰的笑容。

在 1970 年，胡力东赴四川支援三线建设，与核物理研究短暂的分开，直至 1975 年，高能所技术干部归队，他才回到北京高能所。"继续搞科研，还是做束流线，并获得了一个国家科技进步二等奖，但这些成果也没有什么好说的，都是大家共同努力的结果。"整个采访中，胡力东一直不断地在表示："我真的没有什么好讲的，就是最基础的科研人员嘛，这也是我的职责。"他不停地在翻阅一本关于高能所的历史画册，不断地给记者指出谢家麟先生、郑林生先生、梅镇岳先生……"他们都是我的导师，工作方面非常厉害，非常值得采访。"很多和他共事过的同事被他一一点到，而提到自己的成就，他讲得少之又少。

被档案记录的真实

然而，很多在胡力东看来"不用提起"的事情却被档案记录了下来，他表述中"只是参与"的科研工作，在别人的视野中，他所做的贡献并不"只是参与"。

1974 年，胡力东和爱人从四川回到北京。他爱人是因为工作需要，调入航天部，而胡力东的工作究竟如何安排？当他爱人到航天部人事部报到时，提起胡力东回京工作"落地"单位的时候，负责接待的处长说："部里三〇三所的所长看了你们家老胡的档案，当即就表示，这么优秀的同志，我们所要。"他爱人很惊讶："老胡的档案里记录了什么优秀事迹？"这位处长接着说："当年你家老胡从杜布纳回国时，正赶上国家困难，节粮抗荒时期，他把在苏联时期所挣的卢布剩余部分全部捐给了国家。"他爱人听了说："我从来没听他说过这事，这也是应该的呀。"

虽然，胡力东表示："数字早就记不得了。"但粗略计算一下，作为初级工作人员的胡力东每月工资 1800 卢布，当时约合人民币 360 元。而那时，他在国内的工资是每月 62 元。胡力东父母早亡，当时也没有妻儿，单身一人，杜布纳期间除了吃饭，买点资料、书籍并承担自己出国来回的费用、在莫斯科的住宿费用，别无开销。由此想见，他回国时，"全部捐出"的不会是一个小数目。听到记者估算这笔费用，他特别又强调："不用算，捐得真的不多。我当时还赞助了一位家境困难的同事的回国路费。这些都要刨除去。"对于这段往事，胡力东一再叮嘱记者："这样的事情不要写，又不是我的工作，千万不要提及。提到它，我只是想解释给你听为什么我从四川回到北京没有回高能所而去了三〇三所。"

关于获得国家科技进步二等奖的"继续搞科研，还是做束流线"，老人家口中这短短几个字的表述，在一段关于我国著名实验物理学家郑林生的文字记录中又有一番不同的面目。

那是 1984 年中国加速器建造方案调整，要建造一台 $2 \times 2.2 \mathrm{GeV}$ 正负电子对撞机（BEPC）。郑林生提出由 BEPC 的注入器——

1.5GeV电子直线加速器——引出一条试验束（Test Beam）的建议。这条电子束打靶后产生π束和质子束，这样可以充分利用 BEPC 的电子束做些应用研究工作。他以前所受的训练是物理实验，而对建造试验束毫无经验。建造对撞机的工程师们有能力有经验，但无暇顾及此事。他得力于胡力东，胡力东曾经在杜布纳做过束流引出实验。他俩和其他参加这项工作的志愿者，从束流包络计算、磁铁设计、束流调整控制、剂量防护，直到电子打靶产生次级束的物理测量，都是边干边学。

然而，料想不到的难处是，虽然电子与核相互作用的实验文章很多，但为设计这条束作估算而所需要的反应截面数据却遍查不得。原来这是一个空白。不得已，他们只好自己动手计算、研究，用内插、外推，以至类比办法，又借助理论，终于得到一个数值。等到束流建成一检验，却也差不到一倍。在测次级束时，发现初级束的乱散射的本底的屏蔽是最关键的。总之，这条束"麻雀虽小，五脏俱全"，毛病出够了才得到了满意的结果。

这是中国唯一引出的 1.1～1.4GeV 脉冲电子束，也是唯一的π、P 强子束。其性能是：脉冲电子束峰值流强高（500mA 以上），脉冲窄（2.5ns），束斑尺寸小（≈8mm×5mm）；次级束（e＋，π＋，p）干净，动量范围 120～500MeV/c（c 为真空中光速），动量分辨可达 1.7％。此工作获中国科学院科技进步二等奖。试验束的建造刚完成，美国费米国家实验室提出，作为中美高能合作项目之一，由中美两国合作进行美国大型超导级对撞机上将采用的电磁簇射探测器的辐照效应的研究。

"不简单"的老胡"从不抬头"

在胡力东看来，他的一生并不按在杜布纳工作的三年、在原子能所工作的那五年以及在高能所束流线研究的 N 年等等来划分，而是一直不断地搞科研，继续搞科研……科研，似乎是他生命的全部状态，没有其他。然而，在别人的眼中他的生命却要艰辛得多，也丰富得多。

他爱人性格开朗、热情，在他爱人眼里，她和老胡经历了不少人生的跌跌拌拌、跌宕起伏。从杜布纳回国三年后，经人介绍，1965 年他们结婚，之后先后育有一儿一女。

他爱人在天津工作，一家四口过着两地四处的分居生活（老胡和女儿在北京，老胡在房山住单身宿舍，女儿在市内全托，爱人和儿子在天津，儿子全托在天津的幼儿园）。他们经历着生活的困窘。当时，每户每月供应 1 斤鸡蛋，1 斤白糖，还要设法带到北京给女儿吃。即使爱人有机会到北京出差，赶上星期日夫妻二人才能见上一面，否则就只有晚上彼此之间打个电话。"老胡来一次天津也不容易，当时，正是'文化大革命'时期，星期六下班从房山赶到市里乘火车到天津，再乘公交车到家已是晚上 11 点多，碰上游行等情况，公交车不开，就只有徒步回家。那到家就得第二天凌晨两点多了。星期一早上赶回房山已经是上午 10 点左右。"在老胡爱人眼里，那段日子相当难熬，"无论是时间，还是钱，都恨不能分八瓣。"

为了解决两地分居的困难，1970 年，夫妻二人主动申请了支援三线建设，奔赴四川，胡力东开始和夫人一起在航空部下属的一家军工厂工作，1974 年，夫妻二人才一路转回北京，重新落地扎根。然而，在所有这些回忆中，他爱人对"老胡"的印象就是一个："回到家，他从来都是不抬头，只管干自己工作的事，公休日全天候也是如此。"

在胡力东所有的工作履历中，在四川军工厂的那段时期似乎是离开了科研领域的。然而，正是这段离科研最远的经历，反证了他执守一生执着、认真的科研态度。当时，谈及胡力东，身边的同事和领导都不禁感叹："这个老胡可不简单。"

当时，他分配在设计科工作，没过多久，工厂进口的一些高清大型设备到货了。怎么安装调试？大家谁都没搞过。工厂领导提出："胡力东是否能承担这项任务，指导安装调试工作的开展？"对这批大型进口设备而言，胡力东不仅是个"门外汉"，而且设备安全调试不是设计科的职责不说，而且还责任重大。尽管如此，考虑再三，胡力东还是愉快地接受了这个任务，立刻全身心地投入了紧张的工作，边学习边干。他把所有说明书反复仔细阅读，再逐字逐句翻译过来，还亲自在车间和工人、主要技术人员一起安装、调试。最终，圆满完成了任务，得到了好评。

杜布纳、原子能所、高能所，几番辗转，科研构建了胡力东大半人生，也成就了他面对人生的一种态度。

周述：虽非主角，但同样闪亮

1988 年 10 月，邓小平到中国科学院高能物理研究所视察，庆祝北京正负电子对撞机首次对撞成功，并与参研科学家合影留念。他在其中。

1990 年 10 月，为庆祝中国高等科学技术中心成立四周年，李政道、周光召发出署名请柬，邀请他出席在中山公园举行的招待会。

可他一直说自己只是一名普通科研工作者，做了应该做的事情，若非要说取得了一点成绩，但也不足以向外人道。他希望媒体能将目光多聚焦到"两弹一星"、国家最高科学技术奖获得者等做出突出贡献的科学家身上。

接受记者采访

殊不知，他对我国高能加速器事业发展的贡献，是有目共睹的。因为他长期致力于我国高能加速器研制。他和所在的团队通过不懈努力，使我国在正负电子对撞机领域实现突破，处于世界领先水平。

他叫周述，1930 年出生在湖北浠水，1957 年到原子能研究所工作，中国科学院高能物理研究所研究员，1991 年退休；享受国务院政府津贴。他说，这一生要感谢党、感谢国家，要报恩，因为有国家的资助，他一个贫苦农民家的孩子才有机会上大学，才能走上高端科学之路。也正是怀着这样一种情愫，他勤勤恳恳、认认真真工作，为我国高能加速器事业毫不吝啬地贡献自己的青春和智慧。

唯有认真工作，才对得起国家的培养

1957 年，周述从北京大学物理系核技术专业毕业后，被分配到中国科学院原子能研究所从事高能加速器研制工作。然而，一年后，由于经费原因，项目终止。没过多久，周述得知了一个消息。也正是这个消息，为他开启了一条别样的科学之路，虽未处于研发核心领域，但关键时期总能"巧解难题"。

据周述介绍，那时，王淦昌计划牵头研制一台名叫"介子工厂"的中能加速器。为此，国家专门组织一批人员到苏联杜布纳联合所实习。周述名列其中，主要从事加速器放射性防护工作。虽然辐射安全防护不是此台加速器研制运行的核心领域，但由于"介子工厂"属于强流加速器，放射性非常强，辐射安全防护显然重要，不可忽视。

1959 年，周述来到杜布纳。这是一座著名的位于苏联莫斯科州最北端的国际科学城，被平静的伏尔加河和白桦红松簇生的森林环抱着。周述并没有忘情于杜布纳的美景，而是一门心思将自己埋在工作中。他深知，自己虽然从事的工作不是关键核心技术，但是涉及科研人员和环境安全，重要性不言而喻。而且当时，材料在加速器内进行辐照后，产生放射性的强度和衰变的时间，没有文献资料可以查询，只能靠自己测量。这是周述的第一个任务。另外，第二个任务是测量加速器外屏蔽层的半衰减厚度。周述埋头在金、银、铜、铁等金属以及塑料等数十种材料中，测量确定各种材料辐照后产生放射性元素的半衰期。可是，杜布纳联合所的 680MeV 加速器要做物理实验，不能专门用于测量工作。周述每次测量需要间隔一个月，甚至一个半月。

也许，大家会想，这不是有充足的时间畅游异域风光吗，如伏尔加河、白桦林、红松林等。周述并没有这么做，除自己的本职工作外，他还参与项目组辐射安全防护工作，监督实验人员与各种设备、仪器的辐射安全。他拿着仪器，到工号各测量点测量放射性数据，给工作人员发放剂量笔或 X 线片，检测每个人每月接受的辐射剂量。

周述说："我虽然从事的不是关于加速器研制的核心技术，但是涉及人员与环境的安全，非常重要。而且在杜布纳，我还有保健津贴，每天可以免费领到一份菜，菜品很丰盛，已经很满足了。"原来，解放前，周述家每年有一两个月的时间青黄不接，有时要挨饿。"如果祖国不解放，我上不了大学，我只有认真工作，才能对得起国家的栽培。"周述回忆道。

在杜布纳联合所期间，周述认真工作，不仅掌握了辐射测量的方法，而且搜集了大量的实验数据。正是这段在杜布纳的经历，让周述与高能加速器结下了不解之缘，也为我国高能加速器研制事业发展奠定了实践基础。

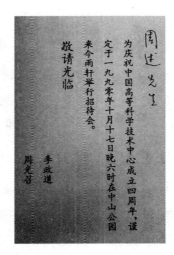

为庆祝中国高等科学技术中心成立四周年，谨定于一九九零年十月十七日晚六时在中山公园来今雨轩举行招待会。

敬请光临

周述先生

李政道
周光召

来自李政道、周光召的署名请柬

关键时刻的建议，成功诞生了亚洲第一台 30MeV 电子加速器

1961 年，周述回国，立即参与到介子工厂研制工作中，但好景不长，由于历史原因，项目下马。周述所从事的加速器事业再次被中断。然而，老天爷并没有抛弃周述，一支橄榄枝又悄悄伸到他面前。

据周述介绍，中国科学院原子能研究所中有位从美国回国的科学家，名叫谢家麟。1955 年，谢家麟冲破重重阻力回到祖国，

开展高能加速器研究。1963年成功研制出一台 30 MeV 直线加速器。但谢家麟领衔的项目组，还没有专门人员负责辐射安全防护。周述被邀请去从事辐射防护工作。

那时，周述并不十分情愿，"好像演戏，不是主角。"在他看来，他也可以从事加速器研制工作，毕竟辐射防护只是辅助工作。另外，从事安全防护工作的人中大学生少，中专毕业的人多，在周述之前已经安排了三位大学生，但是大家都不愿意。作为北京大学核物理和放射性化学专业，不应该只从事辅助性工作。

"大学毕业后，谁不想往科研一线冲呀！"周述说，"作为一名中共党员，应该以身作则，服从组织的安排。"最终，周述还是留下来了。第一次走进谢家麟直线加速器实验室，周述吃了一惊，也坚定自己的选择没有错。加速器外面的安全防护水泥墙仅有半米厚，这显然达不到安全标准。随后，他解决了两个问题，一个是安全防护墙提升到一米半厚，另一个在有些放射性强的地方添置了铅筒。

"从技术上讲，这都不是值得大书特书的事情，但是从人身安全来讲，辐射安全防护非常重要。"周述说。的确，对于周述来说，这些算不上有挑战的事情，在杜布纳所学能够轻松应对。但接下来的这件事，他的处理应该说在功劳簿可以记上一笔。

那时，二机部接到七机部一个国防任务，要求原子能研究所研制一台加速器。二机部将此项下达到原子能研究所。原子能研究所希望谢家麟先暂停手上的工作，承担此项任务。这对于谢家麟是一个痛苦的抉择。他从美国回国，白手起家从事直线加速器研制已经 8 年了，好不容易进入调试阶段，怎么能在"最后一公里"放弃呢？"好不容易将饭煮熟了，正等吃了，现在却要求等两年。谢先生有些不愿意。"周述说。

这样的僵局一直持续了两个月。为化解这一矛盾，原子能研究所党支部书记召开党员会议。当时，解决民用的研究与军用的研究之间的冲突，有个原则，就是军用研究先于民用。另一个是党内原则，下级服从上级。会议最终认为，国防最重要，服从原子能研究所党委的决定。如何才能让谢家麟心甘情愿承担呢？作为一般党员的周述，得知此事后，不停琢磨应对之策。随后，他提出了一个办法，说这个事情可以做到两不误。

"加速器研制期间需要几十号人，调试时不需要这么多人。可以以谢先生为首，组建三五个人的小组，专供调试；其他人则执行国防任务，同样也由谢先生牵头，同时选任一位资历深、经验丰富的人给谢先生做副手，协助其工作。"周述建议。

原来，这一建议是基于周述在杜布纳联合所的经历。他知道加速器调试只需要四五个人就可以完成。后来，这一建议得到了原子能研究所党委的认可。谢家麟、周述以及另外一位同事进行电子直线加速器的调试。其他人则执行国防任务。

在加速器调试中，周述作为谢家麟的助手，就一台设备一台设备进行验收。此前，周述在大学期间学过加速器的相关知识，调试验收进行得比较顺利。半个月后，加速器已经运行到一定水平。最后，谢家麟开启电子枪，加速器第一次就成功出束了。这标志着亚洲第一台 30MeV 直线加速器研制成功。周述猜测到，如果等两年再调试这台加速器，很可能长期被搁置一旁了。因为"文化大革命"，大多数单位都停产了。这台加速器为核试验辐射

仪器的标定工作也可能摊不上了。

为此，原子能研究所党委还写来了表扬信。

对于周述来说，这是他一生中认为值得说的事情。"那个建议很重要，但我现在说出来，肯定不是为争功。"周述解释道。

功夫不负有心人，参与创造国际加速器建设史上的奇迹

20世纪70年代初，高能物理研究所成立高能加速器部，谢家麟任加速器部主任，周述任党总支副书记和副主任。谢家麟说："你来调研高能直线加速器，我来调研高能同步环形加速器，虽然我们不懂，但咱们学物理的有个好处就是可以触类旁通。"

当时，世界上多个国家，如美国、苏联、日本等都在研制高能加速器。通过高能加速器可以发现很多新的粒子。发现一种新粒子，发现者获得了诺贝尔奖。这从一定程度上代表了本国的科技水平。

周总理也问，元素周期表哪种元素是中国人发现的？而且，世界上有种声音攻击中国——说中国好战，只搞核武器研究。

虽然这个项目耗资巨大，不解决民生问题，但最终获得了国家同意，并下拨了10亿元经费。后来，中国科学院在香山召开会议，环形加速器方案获得通过，搞预先研究。

然而，项目进展到1982年，全国人民代表大会予以终止了，主要原因是经济上吃不消。最终，这个项目搁浅了。国家要求，利用剩余经费开展一些研究，做些技术储备。于是，项目组决定研制一台增强器。那时，中美两国成立了高能合作委员会，两国科学家定期进行沟通交流。谢家麟带着增强器方案到美国。李振

道认为，做增强器还不如做正负电子对撞机。

据介绍，正负电子对撞机有两个加速器，其中直线加速器隧道有 350 米长，环形加速器圆的周长有 280 米，两个加速器产生的电子在特定地方发生碰撞，形成了高能粒子。

谢家麟感觉到这是一次机会，设计了一个方案，并向国家报告了方案，并获得了同意。而当时，美国、德国、日本正在研制对撞机。中国要想占领高地，必须在四年内成功研制。作为此项目的总设计师谢家麟，在点将时兆中了周述作为直线加速器研制的主任，这出乎周述的意料之外。周围人也不解，说老周不是做安全防护的助理研究员吗？据周述分析，谢家麟挑选他是因为此前调试 30MeV 加速器获得了他的认可。

不久，关于这台正负电子直线加速器，中国科学院收到了三份方案，其中两份分别由两位教授上报，一个经费是 2.9 亿元，另一个是 2.7 亿元。而周述上报的方案经费只有 2400 万元。

然而，周述的方案反倒遭到了相关部门的质疑。中国科学院经费管理的负责人谷雨说："老周，别跟我要小聪明，我是手拿一把大刀，专砍三尺帽。"听到这一席话，周述一脸疑惑。

原来，中国科学院接到的申报项目经费都报得高高的，这位负责人通常会进行压缩。谷雨怀疑周述是另外一种类型，担心项目中国科学院不批，就少报预算，项目启动后再追加预算。

听到此，周述明白了，并进行了解释。周述坚持说，实际费用仅需 2400 万元。周述说，两位教授也不是高报了科研经费预算，他们是参考日本、西德，同样一台加速器，通过美元兑换，正是这些费用。

"周述，我到底相信谁？你的只是他们的十分之一。"谷雨说。

原来，周述知道，此前谢家麟先生研制 30MeV 加速器时，是与厂家协作加工完成的，花钱很少，并在技术上积累了一定基础。这家工厂是北京电子管厂，其一部分为备战迁往三线了。这时，正好任务不饱和，周述的合作，可以低价实现。其中，一台设备调试器只用了 36 万元，如果在四机部北京广播器材厂，要花费 400 万元。加速管承包给外单位要 30 万元一根，最后周述仅将部件加工交给本所工厂加工，设计、调试由实验室自己承担，价格降到 4.5 万元一根，70 根就节省近 1785 万元。

邓小平视察中科院物理所，与参研科学家合影留念

把原委说清楚后，谷雨将经费加到了 3000 万元。这对谷雨来说，也是头一回主动给项目加钱。

周述从小能量开始，一个个往上做。出乎很多人的意料。得益于对直线加速器了如指掌，周述一年半就研制出 30MeV 电子直线加速器，当时国内要做出来至少四五年。两年半，做到 90MeV。此后，用了 3 年时间完成了 1400 MeV 的正负电子直线加速器。而且加速器出束电子能谱不超过 0.8%，储存时间长。其对撞亮度比国外同类型对撞机高出 4 倍，所用费用不超过 2400 万元。

1988 年 10 月 16 日，北京正负电子对撞机首次实现正负电子对撞，宣告建造成功。这是中国高能物理发展史上重要的里程碑，也创造了国际加速器建设史上的奇迹，受到国内外的广泛赞誉。

北京正负电子对撞机 1989 年，先后获得了中国科学院技术进步特等奖，获得国家科委科技进步特等奖。周述是授予该奖项的 23 人之一。

如今，周述即将迎来米寿，但他依然保持对新事物的探索。电脑、iPAD 等现代工具，他不又不陌生，还成为他老年生活非常重要的一部分。而这些故事，也是第一次讲述，但他一直强调，说这些不是为表功。

周述简介：1930 年出生在湖北浠水。1957 年毕业于北京大学技术物理专业，当年分配到原子能研究所工作。1972 年，到中国科学院高能物理研究所工作，后任研究员，1991 年退休。享受国务院政府津贴。

曾乃工：科学就是要不迷信，不盲从

在五月午后的阳光下，曾乃工指着窗外不远处的墨绿山脉说："那座山翻过去就是北京植物园，我去年还翻过好几次呢。"83 岁的他身体清瘦，步履从容。

2014 年，为了陪伴住在老年公寓养病的老伴，他从住了几十年的位于北京房山的 401 家属区的老房子里搬了过来。这个老年公寓位于北京海淀百望山附近，绿树葱茏，空气清新，环境优雅，可以说软硬件环境皆佳。但是曾乃工还是时常怀念 401 那个 70 平方米的老房子。那里不仅有他熟悉的街道和社区，还有熟悉的科研的氛围。

"科学就是要不迷信，不盲从，实事求是！"从事了一辈子科研工作，对于科学什么是精神，曾乃工这样解读。

结缘杜布纳

曾乃工出生于湖南长沙，和很多人不同，他笑称自己有两个母校，一个是南开大学，一个是北京大学。为什么会和两所鼎鼎大名的高校都有关联？曾乃工这样解释，1953 年，他考入南开大学物理系。由于当时国家要大力发展原子能事业，急需培养人才，1956 年，在南开学习三年后，曾乃工和当时设有物理系的复旦大学、武汉大学等全国近十所的综合性高校学生一起，被集中到北京大学学习核物理专业。集训一年后，被分配到了北京房山的原子能所，分配后的第一年，曾乃工没有直接接触科研，而是派往北京西山附近农村参加劳动锻炼。一年后，曾乃工才回到 401 参加工作。他被分在反应堆物理组，组长是朱光亚，何泽慧是研究室主任。

1959 年 9 月，曾乃工接到组织派他去杜布纳联合核子研究所去学习工作的通知。尽管在他之前，已经陆续有好几批同事被派去那里工作，但是，曾乃工对于杜布纳，仍然还是一片茫然无知。

还是单身的曾乃工不需要复杂的准备。同年 11 月，在当时原子能所副所长力一的带领下，他随着 30 多人的队伍乘火车奔赴苏联杜布纳。同行者大多数是 401 的人，只有少数人是其他单位的。

跨境的火车一路向北往西，整整坐了一个星期才到达莫斯科，然后继续换汽车到杜布纳。杜布纳联合核子研究所距离莫斯科 100 多公里，地处今天俄罗斯莫斯科州的最北端，伏尔加河上游同杜布纳河在此汇合，周边白桦红松簇生，森林环抱。

曾乃工清楚地记得，那天恰好赶上苏联的 11 月 7 日的节日，苏联人民正在放假。为了入乡随俗，尊重对方国家的习惯，熟悉外事礼仪的同志提醒队伍中的女同志不能穿裤子，必须换裙子才行。11 月的莫斯科，气温比北京要低得多。当天气温又特别低，达到零下 40℃。因为寒冷，去往杜布纳的路上，汽车的发动机被冻得都发动不了，穿着裙子的女同志更是走不动了。经过了几次修理，总算到了杜布纳。

当时担任杜布纳中国组组长的王淦昌，时任杜布纳联合所原子核副所长，他亲自带着国内新来的同志，到联合所的各处参观介绍。

接受记者采访

回望杜布纳岁月

曾乃工被分到了快中子脉冲反应堆组。组中有苏联人、中国人和朝鲜人。虽然当时的曾乃工是以外派工作的身份到联合所参与研究，也会与其他同事一样领工资。但是实际上，工作经验并不丰富的他，主要的任务是边学习边工作。

联合所在当时是国际上著名的核研究所之一，有许多先进的技术设备和课题。能有机会在这里工作和学习，是极为可贵的。

语言不通是大多数人遇到的第一个障碍。曾乃工也不例外。白天要进行正常工作，在收集资料、计算数据、做实验。曾乃工抓紧机会和组内同事交流，不断提高自己的俄语水平。晚上，也偷偷下点功夫，接着学习俄语。很快，就从一个门外汉到可以正常地学习和工作了。

另外一个困难就是，当时中苏关系已经进入了紧张阶段，政治氛围的紧张使得在杜布纳进行科学研究的他们常常处在一种微妙的环境中。曾乃工和大多数中国人一样，低调勤奋，不挑事，尽量与组中同事和谐相处。而组为的苏联科学工作者也大多恪守科学精神，不愿意和政治扯在一起。即便政见不同，在工作上也坚持一如既往。

在曾乃工的印象中，和当时王处于困难时期的国内的生活条件相比，杜布纳的生活和工作条件已经是相当不错。他刚去的时候，每个月可以领到 100 新卢布的工资，相当于人民币 200 块钱左右。而当时在国内，曾乃工的工资是每月 56 块钱。后来，因为曾乃工所在的组长对他这个勤奋踏实的小伙子很满意，两次给他提了工资，从 100 新卢布涨到了 150 新卢布。在杜布纳，他的花费不多。主要花在自己喜欢的照相机和体育运动器材方面。而那个时候中国正处于缺少外汇的阶段，为了支持祖国，曾乃工把大部分工资都寄回国内。

因为国家的战略部署和规划，原本计划工作一年就回国的曾乃工被延期留了下来。并被换到了另一个组，进行轻核反应的学习和研究。在前一时期，苏联对轻核反应高度重视，对该工号戒备森严。

"在我国原子弹爆炸后，没多久，氢弹就爆炸成功了，听起来似乎很简单。但是其实，战略规划和部署早就在进行了，背后是无数科研人的默默工作。"曾乃工回忆道。

在杜布纳的几年间，曾乃工直接接触了当时世界先进水平的仪器和仪表，了解了更多科学前沿的知识，也从同行身上学到了认真负责，专心踏实的科研作风。

"除了保证日常工作的正常进行，平时我们也要和各组各研究室的同行多交流。国家把我们送过来不容易，不学点真本事怎么行?"曾乃工尽量和杜布纳联合所的同事增加交流机会。

在杜布纳，原本就喜欢运动的曾乃工学会了滑雪。周末，大家打乒乓球、游泳、骑车、看书。一方面，让生活不那么枯燥单调；另一方面，也和其他国家的同事增进了解。

"成绩都是团队的功劳，不是一个人的荣耀。"

1964年，曾乃工回到了401，继续在何泽慧的中子物理实验室工作。当时，原子弹已经爆炸成功，研究重点转到了氢弹。

曾乃工和同事一起，投入到了"轻核测量参数"的工作当中。该工作称作"35号任务"，它对氢弹最终采取哪种技术路线至关重要。原本常规要两年才能完成的任务，国家要求半年之内完成。为此，当时的原子能所集中了40多人的团队，分了6个小组，集中了4台加速器，夜以继日的攻关，竟然不到半年就完成任务，为氢弹研究方案和技术路线的决策奠定了十分重要的基础。

在杜布纳联合所学到的知识，回国后得到了充分利用。曾乃工兴奋又欣慰。在几十年后的今天，谈起这件事，仍然可以看到他的幸福感。

如果说参与有关国防的科研工作是他科研工作生涯中浓墨重彩的一笔，那么，其中一次，基于科研精神的创新和创造，则让他更为满意和自豪。

另一项任务是核爆的当量和效率测定。采用核物理方法需要选择适当的原子核和一个产额高、寿命长的、能量 14Mev 左右的中子源。为此，需要一个转动靶中子源，这个任务给了曾乃工。通过调研，国外的装置体积太大. 对于实验测量并不适用。他只好自己动手，根据实验的要求，通过思考，创造性的设计出了一个小巧且寿命长、产额高的转动靶中子源装置，圆满完成了任务。

"什么是科学精神？我觉得科学精神就是不迷信，不盲从，相信自己，相信事实，实事求是。"曾乃工用自己的言行，为科学精神作了注释。

被问到科研生涯中是否担任过什么职务，神态从容的曾乃工笑着说"组长算不算？"被问到，是否得到过什么表彰和奖项，神态从容的曾乃工笑着说"成绩都是团队的功劳，不是一个人的荣耀。"

如今，80 多岁高龄的他，虽然早已退休多年，但是一直从未脱离科研，曾在清华大学任聘工作了六七年。直到现在，他每周还要去一次 401，担任一些项目合作和设备开发工作的顾问。每一次，他都要从位于北京西北部五环外的老年公寓，坐 330 路公交车，到地铁站，再辗转到四通桥的 401 早班通勤车站点，赶乘 7 点一刻的早班车到位于北京西南房山区的 401。

回望几十年的科研人生，和同时期的很多人相比，曾乃工相对平顺，没有大起大落，也没有大红大紫。他一直平和从容，即便是在下放劳动的时候，也没觉得多么苦不堪言，反而觉得这是锻炼身体的好机会；即便在遥远的杜布纳，也没觉得枯燥乏味，反而学会了滑雪；即便在 80 多岁的今天，也没觉得学习和进步应该就此止步，反而陶醉于参与和创新的喜悦。

他说："我觉得，每一段时光都应该过得有意义。"

核工业寄语

在中国核工业发展的早期，培养了大量的人才，这些人曾承载着国家和时代使命，无私奉献，秉承科学精神和科学态度，在各自的岗位上为核工业做贡献，作为其中的一份子，我很荣幸，一生无悔。未来希望核工业不仅能吸引人才、培养人才，也能留住人才；希望未来的一代，能继续继承和发扬核工业精神，坚持认真负责的工作作风，坚持自信不迷信的科学态度，把工作当成事业去做。

曾乃工简介：1934 年生，湖南长沙人。先后就读于南开大学和北京大学物理系，1956 年分配到原子能所反应堆物理组工作。1959 年派往杜布纳联合所工作，1964 年回到原子能所中子物理实验室工作。1996 年退休。

后　记

　　参加本书撰稿工作的有：宋翔宇、王朋、刘岩、葛校芬、虞莉婷、董建丽、陆文怡、张彬、马芦珍、叶娟、杨金凤、杨阿卓、盛安陵、葛维维、王菲、胡钢、宋岳、杨东等同志。杨志平等同志参加了本书审稿工作。中国核二业集团公司党组成员、副总经理和自兴同志主持策划，张昌明、朱向军、李丽等同志自始至终参加了组织策划、编写、修改、统稿和出版工作。

　　本书在编写过程中，得到了二国原子能科学研究院、中核集团新闻中心、中国工程物理研究院、中国科学院高能物理研究所等单位以及专家学者、核工业老领导的大力支持。中国原子能出版社对本书的策划出版给予了鼎力支持。在此对以上单位及同志表示衷心感谢。本书编写工作由中国核工业集团公司董事长、党组书记王寿君同志主持。

编　者

2017 年 5 月